Johann Hübner

Christ-Comoedia - ein Weihnachtsspiel

Johann Hübner

Christ-Comoedia - ein Weihnachtsspiel

ISBN/EAN: 9783743402836

Hergestellt in Europa, USA, Kanada, Australien, Japan

Cover: Foto ©Andreas Hilbeck / pixelio.de

Manufactured and distributed by brebook publishing software
(www.brebook.com)

Johann Hübner

Christ-Comoedia - ein Weihnachtsspiel

№ 82. Neue Folge No. 32.

Deutsche Litteraturdenkmale
des 18. und 19. Jahrhunderts
herausgegeben von August Sauer

CHRIST - COMOEDIA

EIN

WEIHNACHTSSPIEL

VON

JOHANN HÜBNER
(REKTOR DER DOMSCHULE ZU MERSEBURG 1694—1711)

HERAUSGEGEBEN

VON

FRIEDRICH BRACHMANN

BERLIN
B. BEHR'S VERLAG (E. BOCK)
1899

Einleitung.

Im Archiv des geistlichen Ministeriums' zu Hamburg[1]) befinden sich zwei mächtige schweinslederne Folianten mit dem Rückentitel: Acta scholastica. Es sind zusammengebundene Akten des Scholarchats aus dem vorigen Jahrhundert. betreffend die ihm unterstellte St. Johannis-Schule. die heutige Gelehrtenschule des Johanneums. Dort findet sich ziemlich am Anfang des ersten Bandes mitten unter allerlei Schulberichten und Verordnungen·das nachfolgend abgedruckte Manuskript einer „Christ-Comödia" ohne Jahreszahl und Namen. Kein weiteres Aktenstück weist auf Herkunft und Bestimmung dieses Dramas hin. Es ist das Verdienst Emil Riedels, in seinem Aufsatz „Schuldrama und Theater"[2]) zum ersten Mal auf dieses interessante Schriftstück hingewiesen zu haben. Schreiber dieser Zeilen glaubt in dem diesjährigen Programm der Gelehrtenschule des Johanneums[3]) den Erweis erbracht zu haben,

---

[1]) Es ist in der grossen Michaeliskirche untergebracht. Dem Verwalter, Pastor D. Bertheau, bin ich für seine stets bereitwillige Liebenswürdigkeit bei Benutzung der Akten zu grossem Danke verpflichtet. Ferner unterstützten mich bei meiner Arbeit durch Beschaffung des Büchermaterials und anderweitige Bemühungen die Herren: Prof. Sauer, Prag; Direktor Wagner. Altona; Prof. Gess und Prof. Dunger, Dresden; Dr. Walther und Oberlehrer Hübbe, Hamburg. Der Vorstand des Vereins für hamburgische Geschichte stellte mir gütigst eine von E. Riedel genommene Abschrift des Original-Manuskripts zur Verfügung. Ihnen allen möchte ich auch an dieser Stelle meinen Dank aussprechen.

[2]) In Karl Koppmanns Sammelband: „Aus Hamburgs Vergangenheit" Hamburg und Leipzig 1885. S. 241 ff.

[3]) Johann Hübner. Johannei Rector. Ein Beitrag zur Geschichte der deutschen Litteratur." Hamburg 1899.

dass Johann Hübner, 1694—1711 Rektor der Domschule
zu Merseburg und darauf bis zu seinem Tode 1731
Rektor der St. Johannisschule zu Hamburg, der Verfasser dieses Weihnachtsspiels ist.

Indem ich auf diese Arbeit, welche die poetischen
Verdienste Hübners überhaupt in helleres Licht zu
rücken sucht, verweise, will ich hier nur für diejenigen,
welchen dies Programm nicht zugänglich ist, die nötigsten
Zusammenstellungen machen. In Tyrgan bei Zittau
am 15. April 1668 geboren, hat Johann Hübner unter
Christian Weise das Zittauer Gymnasium durchgemacht
und ist sein Leben lang dessen treuer Schüler geblieben.
In Leipzig, wohin er sich begab, um Theologie zu
studieren, hat er sich unter Otto Mencke auch eifrig
mit Geschichte beschäftigt und nach Erlangung der
Magisterwürde Vorlesungen über Poetik, Rhetorik,
Geographie und Geschichte gehalten. Sein hervor-
ragendes pädagogisches Talent verschaffte ihm bald
einen grossen Zuhörerkreis. Schon als 26jähriger wurde
er als Rektor nach Merseburg berufen. Durch eine
grosse Anzahl von sehr geschickt abgefassten Schul-
büchern wurde er bald ein weit über Deutschlands
Grenzen hinaus berühmter Mann. Seine „Zweimal 52
biblische Historien" waren das erste und fast ein Jahrhundert lang das verbreitetste Biblische Geschichtsbuch.
Ebenso geschätzt waren seine in die verschiedensten
europäischen Sprachen übersetzten geschichtlichen und
geographischen Lehrbücher. Da er sich bei seiner ungemein vielseitigen schriftstellerischen Thätigkeit stets der
deutschen Sprache bediente, nannten ihn seine gelehrten
Gegner in Sachsen spottweise Michael Teutonicus.

Was uns den Mann von vorn herein so anziehend
macht, ist seine frische, natürliche, mit volkstümlichen
Redensarten und gutmütigem Humor gewürzte Schreib-
weise, die von dem pedantischen Frost anderer Gelehrten
jener Zeit so vorteilhaft absticht. Mag man irgend eine
Vorrede seiner Bücher, ein Kapitel seiner „Historia" oder
seiner „kurzen Fragen aus der alten und neuen Geographie"

aufschlagen, oder die anspruchslosen Beispiele zu seinem poetischen Handbuch durchblättern: überall derselbe warme, gemütvolle und heitere Ton. Nur da, wo er in ausgetretenen Pfaden wandelt, im Gelegenheits-gedicht und erbaulichen Liede, kann er sich von der Geschmack-losigkeit seiner Zeit nicht immer frei machen. Demnach war dieser Mann ganz besonders befähigt, zwischen Schule und Leben, zwischen Volksdichtung und Gelehrten-poesie zu vermitteln; lag dies doch einem Schüler Weises ohnehin näher als andern.

Eine solche Verbindung der damals im übrigen so streng sich abgrenzenden Gebiete konnte am leichtesten auf dem Felde des biblischen Schuldramas stattfinden. Lesen wir doch bei Holstein „die Reformation im Spiegel-bilde der dramatischen Litteratur des 16. Jahrhunderts" S. 75: „Schuldrama und Volksdrama standen nicht un-vermittelt nebeneinander, sondern ergänzten sich gegen-seitig, und die Vermischung beider zeigt sich in keiner Dramengattung deutlicher als im biblischen Drama, denn das Schuldrama wurde bisweilen auch von Bürgern aufgeführt."

Unter den biblischen Dramen aber stand in dieser Hinsicht das Weihnachtsspiel mit seinen Verwandten obenan. So heisst es in Schmids „Encyklopädie des gesamten Erziehungs- und Unterrichtswesens" Band II. S. 26: „Neben diesen kunstmässigen Darstellungen (Stücken von Terenz etc.) kamen (in den Schulen auch dramatische Aufführungen zur Weihnachtszeit vor, die aus unmittelbar volkstümlicher Sitte hervorgegangen waren. Die „heilige Christfahrt".[1] ein Umzug Christi mit seinen Engeln und Knechten, unter denen Rupert nie fehlen durfte, wurde von Schülern und Lehrern, die eine Einnahme daraus zogen, am Weihnachtsabend auf-geführt . . . Daneben fanden aber auch Aufführungen wirklicher Weihnachtskomödien statt, die die Geburt

---

[1] Eine solche heilige Christfahrt wird bei Gottsched „Nötiger Vorrat etc." S. 220 angeführt.

des Herrn selbst behandelten. Namentlich lässt sich diese Sitte aus Thüringen nachweisen, wo sie sich bis zu Anfang des 18. Jahrh. erhielt." So wurden auch in Merseburg. wie Witte in seiner „Geschichte des Dom-gymn. zu Merseburg" II, S. 39 berichtet, zur Weihnachts-und Osterzeit öffentliche Aufführungen veranstaltet.[1])

Hübner hat in Merseburg einen „Ober-sächsischen Christ-Actus" vor den fürstlichen Herrschaften zur Aufführung gebracht, den ich in dem oben angeführten Programm S. 20 ff. aus den Akten der „Teutsch-üben-den Gesellschaft in Hamburg" teilweise veröffentlicht habe. Dieser schliesst sich in seinem zweiten Teil an die volkstümlichen Nicolausspiele oder heilige Christ-fahrten an; nur ist hier nicht Nikolaus oder das Christ-kind, sondern der Engel Gabriel die wichtigste Person, die sich nach den Kindern erkundigt und sie examiniert, während Rupert den Ankläger macht.[2]) Der erste Teil beginnt opernhaft mit einem Chor der Engel und 4 Arien und lässt dann Adam, Moses und David erst in drei längeren Reden und dann stichomythisch auf die Er-füllung der Weissagungen im Alten Testament hinweisen.

---

[1]) In den „Mitteilungen des Kgl. Sächs. Altertums-vereins" Heft 24 (1874), S. 22 wird ein Rescript des Ober-Konsistoriums vom 3. Dezember 1738 erwähnt, durch welches den Schülern in Dresden, besonders denen der Neustadt und bei der Annenschule untersagt wird, zur Weihnachtszeit in den Bürgerhäusern sogenannte Christ-comödien zu agieren „wegen des dabei mit unterlaufenden Aergernisses und da dergleichen Umgänge schon vorhin verboten."

[2]) „An manchen Orten wird die vom Ruprecht beglei-tete Person ‚der Engel‘ genannt, der eigentlich das Christ-kind begleiten sollte. Und das geschieht oder geschah auch in den Gegenden, in denen die Weihnachtsspiele oder deren Reste sich am besten erhalten haben, wie in der sächsischen Oberlausitz etc., wo mit Ruprecht-Josef und dem Engel ‚Gabriel‘, dem Wagenführer, auch noch der hl. Petrus ... und selbst die Hirten erscheinen, und am sächsischen wie böhmischen Erzgebirge, wo sich sogar St. Nikolaus und St. Martin hinzugesellten." Weineck in den Niederlausitzer Mitteilungen Bd. V, Heft 1—4, S. 10.

Hier haben wir es offenbar mit einer Anlehnung an die
uns schon aus dem Mittelalter bekannten prophetischen
Vorspiele zu thun. Wie in der „Kindheit Jesu" Mone,
Schauspiele des Mittelalters I. S. 132 ff.) neben Bileam,
Jesaias, Daniel und andern Gestalten des Alten Bundes
auch Moses und David auftreten und sich selbst mit den
Worten: „Ich bin Moses, dein Knecht," „Ich bin der
alte Bileam" etc. einführen, so beginnen auch bei Hübner,
Adam und Moses mit den Worten:

„Ich, Adam, bin der Mann, durch den die Welt gefallen" etc.
„Ich, Moses, bin der Mann, vor dem der Erdkreis zittert" etc.
Die Person Adams, die Hübner hier mit hinzugezogen
hat, war dem volkstümlichen Weihnachtsspielkreis nicht
fremd. Wird uns doch in den sogen. Paradeisspielen
die Erschaffung der ersten Menschen und ihr Sündenfall vor Augen geführt. So folgt also Hübner in diesem Stück durchaus volkstümlichen Traditionen, ohne
dass ich im Stande bin nachzuweisen, aus welchen Quel-
len er unmittelbar geschöpft hat.

Sehr geschickt ist er (oder seine Vorlage? bei der
Auswahl der Personen aus dem Alten Testament ver-
fahren, indem er statt der grösseren Personenzahl in
anderen prophetischen Vorspielen nur gerade diese drei
Männer beibehält, die zu der Weihnachtsgeschichte scharfe
Gegensätze bilden:

Adam — Christus: Schuld — Sühne,
Moses — Christus: Gesetz — Evangelium,
David — Christus: Weissagung — Erfüllung.

Geradezu bewundernswert aber ist in jener Zeit
der Unnatur die schlichte, kindlich-naive Sprache. Man
vergleiche mit den von mir abgedruckten Proben etwa:
„Herodes der Kindermörder, nach Art eines Trauerspiels
vorgestellt durch Joh. Klaj" 1645, und desselben „Freu-
dengedichte der seligmachenden Geburt Jesu Christi"
1650, oder die Arbeiten von Hübners Freund B. H. Bro-
ckes: „Der für die Sünden der Welt gemarterte und ster-
bende Jesus" und dessen verdeutschten „Bethlehemitischen Kindermord des Ritters Marino."

Ebenso volkstümlich und frei von jedem gelehrten und ausländischen Beigeschmack ist die hier abgedruckte „Christ-Comödia". Die Beweise für Hübners Autorschaft finden sich in meinem Programm S. 22 ff. Hier will ich nur auf die Act III Scene 2 angeführten Leineschen Rübchen hinweisen, womit die im vorigen Jahrhundert berühmten Merseburgischen Rüben gemeint sind. Diese Localbeziehung macht es unzweifelhaft, dass unser Drama in Merseburg entstanden ist, wo, wie oben erwähnt, öffentliche Weihnachtsspiele in der Domschule üblich waren.

Eingehender dagegen müssen wir hier die Frage zu beantworten suchen, in welchem Verhältnis dies Stück zu andern Dramen jener Zeit und insbesondere zu den volkstümlichen Weihnachtsspielen steht.

Zunächst ist der Zusammenhang mit Christian Weises Schuldramen unverkennbar. Wie in Zittau, so haben wir auch in Merseburg eine vertiefte, durch einen Vorhang abgeschlossene Mittelbühne, die in unserm Stücke den Stall in Bethlehem darstellt.[1] Unter der vorderen Bühne muss man sich im 1. und 3. Akt eine Strasse Bethlehems, im 2. Akt und dem Nachspiel ein Feld in der Nähe Bethlehems vorstellen.

Wie Weise, so schreibt auch Hübner seine grösseren Schuldramen in Prosa. Der Dialog schreitet rasch vorwärts. Durch häufigen Wechsel der Stimmung und überraschende, oft recht drollige Einfälle weiss Hübner ganz wie Weise seine Hörer in Spannung zu erhalten. Da Weise darauf hingewiesen hat, dass wie im gewöhnlichen Leben so auch im Drama die verschiedenen Persönlichkeiten ihrem Stande gemäss sich verschiedenartig

---

[1] Ausdrücke, wie: „der Stall öffnet sich", „der Stall fällt zu" lassen darüber keinen Zweifel. In Hübners anderm nachweislich in Merseburg aufgeführten, gedruckten Schuldrama: „Von Bekehrung der Sachsen zum Christentum" stellt die Mittelbühne erst das Heiligtum der Jrmin-Säule, später das Gefängnis vor. Vergl. mein Programm S. 26 ff.

ausdrücken müssten, so lässt auch Hübner die heiligen
Personen: Gabriel, Joseph und Maria in gewähltem Hoch-
deutsch sprechen; ihnen stehen die Nazarenischen Bürger
am nächsten, während sich die übrigen Personen in dia-
lektischer Färbung sehr derb ausdrücken. Weise liebte
es ferner in seinen biblischen Stücken, die reale Wirk-
lichkeit in zeitlicher und örtlicher Beziehung allerwärts
hineinragen zu lassen. Auch dies thut Hübner in aus-
gedehntem Masse, wie schon die Leineschen Rübchen
beweisen. Hirten und Bauern klagen über ihre Junker
und Verwalter und erzählen zwei an ihren Peinigern
verübte Racheakte, die den Scheusslichkeiten, von denen
uns Simplicissimus erzählt, keineswegs nachstehen. Einen
grossen Vorzug aber haben die Hübnerschen Stücke durch
die viel geringere Personenzahl und die dadurch bedingte
grössere Kürze und Uebersichtlichkeit. Unser Stück hat
20, das andere Schuldrama 22 Personen.

Ein Weihnachts-Drama von Christian Weise ist
bekanntlich nicht vorhanden; auch ist über die sonstigen
damaligen Weihnachtsaufführungen in der Domschule
von Merseburg nichts Näheres bekannt. Ueberhaupt
konnte ich ein für die Schule bestimmtes Weihnachtsspiel
aus Hübners Zeit, das zur Vergleichung hätte heran-
gezogen werden können, nicht erlangen.[1] Es muss
also einstweilen dahingestellt bleiben, ob alle Abweichungen unserer Christ-Comödie von der altüberlieferten dramatischen Behandlung der Weihnachtsgeschichte allein auf Hübners Rechnung zu setzen sind.
Ja noch mehr. Wenn wir auch durch Weinhold, Hart-

---

[1] Wer sich über die alten Drucke von Weihnachts-
dramen orientieren will, findet ausser bei Gottsched
„Nötiger Vorrat etc." Zusammenstellungen bei Weinhold
„Weihnachtspiele und Lieder aus Süddeutschland und
Schlesien" 1853 und Bolte in den „Märkischen Forschungen"
Band XVIII. Ueber Sammlungen volkstümlicher Weihnachts-
spiele giebt Auskunft Aug. Hartmann in seinem Buche:
„Weihnachtlied und -Spiel in Oberbayern" München 1875
(auch im Oberbayrischen Archiv Band 34) und in seinen
„Volksschauspielen" Leipzig 1880.

mann, Schröer, Lexer. Pailler, Schlossar u. a. eine grosse
Anzahl volkstümlicher Weihnachtsspiele kennen gelernt
haben, so sind wir doch keineswegs im Klaren darüber,
welcher Art die Aufführungen waren, die Hübner in
seiner Heimat und dann in Leipzigs und Merseburgs
Umgebung selbst zu sehen Gelegenheit hatte. Ist doch
erst seit dem Erscheinen von Weinholds „Weihnachtsspielen" der Sammelfleiss auf diesen Stoff hingelenkt
worden. Wie unendlich viel ist aber zwischen 1700
und 1853 unwiederbringlich verloren gegangen, wie
manches harrt noch der Auffindung! Andrerseits aber
zeigen die volkstümlichen Weihnachtsspiele aus den verschiedensten Gegenden in den meisten Punkten so grosse
Uebereinstimmungen und halten im Laufe der Jahrhunderte so zäh an dem Althergebrachten fest, dass
man unbedenklich eine grosse Anzahl von Zügen als
Gemeingut bezeichnen darf. Diese Einschränkungen
müssen Voraussetzung bleiben, wenn ich nun weiterhin
von Hübners Benutzung und Umbildung des volkstümlichen Stoffes rede.

Hätte Hübner bei seiner Christ-Comödie nach Weises
Vorgang möglichst viel Schüler beschäftigen und den
Stoff weiter ausdehnen wollen, so hätte er nur der
volkstümlichen Ueberlieferung zu folgen brauchen, die
gar oft mit der Anbetung der Hirten die Ankunft der
hl. 3 Könige und den bethlehemitischen Kindermord
verknüpft. Der durch den Prunk der Opern und die
Vorliebe der Haupt- und Staatsactionen für unerhörte
Grausamkeiten verdorbene Zeitgeschmack lud dazu ein.
Hübner scheint aber den häufigen Scenenwechsel nicht
zu lieben: auch in seinem andern Schuldrama sind nur
zwei verschiedene Schauplätze. Deshalb beginnt er
auch nicht mit Mariä Verkündigung und dem Aufbruch
von Nazareth, sondern behandelt in drei Akten nur

    I. Die Ankunft der hl. Familie in Bethlehem.
    II. Die Verkündigung an die Hirten auf dem Felde.
    III. Die Anbetung der Hirten.

Für den ersten Akt lag Folgendes als alte Volks-

überlieferung vor: Joseph und Maria kommen wander-
müde spät abends in Bethlehem an, werden von einem
hartherzigen Wirt (oder Wirtin) barsch abgewiesen, erlangen erst nach längerem Hin- und Herreden ein not-
dürftiges Obdach im Stall und richten sich dort so gut
es geht für die Nacht ein (Geburtsscene). Das giebt drei
Scenen, die aber bei Hübner erst Scene 6—8 bilden. In
den ersten drei Scenen lernen wir den Wirt von
Bethlehem Matthäus, sein streitsüchtiges Weib Crocodilla
und den eben in Dienst tretenden Knecht Schureck
kennen. Das Volk hat von jeher grosse Freude an der
Vorführung ehelicher Zwistigkeiten gehabt und wollte
solche Spässe auch in den biblischen Dramen nicht
missen. Deshalb schilt und prügelt sich in den Passions-
spielen der Salbenkrämer mit seinem Weibe; und auch
in den Weihnachtsspielen fehlt es nicht ganz an der-
artigen Scenen. So zeigt sich im Vordernberger Spiel
(Weinhold a. a. O. S. 134 ff.) der Wirt als elender
Pantoffelheld und die Wirtin ungemein zungenfertig.
Umgekehrt ist es in Edelpöcks Weihnachtskomödie
(Weinhold a. a. O. 187 ff).[1] Derartige Ueberlieferungen
benutzt Hübner und baut sie zu selbständigen Scenen
aus. Die Hauptperson aber ist in diesen Scenen der
Knecht Schureck.[2] Dass der Name nur eine Verdrehung
von Schurke ist, hat die Wirtin sofort erkannt, und
über die Rolle, welche er in unserem Stück zu spielen
hat, belehrt uns gleich anfangs der Wirt mit den ad
spectatores gesprochenen Worten: „Der Kerll kömbt
mir vor, wie ein halber Bickelhering." Dass dieser

---

[1] Eine Prügelscene bietet auch das hessische Weihnachtsspiel bei Kürschner „Deutsche National-Litteratur" XIV,
3 S. 927 ff., wo die beiden Mägde Hillegard und Gutte den
armen Joseph durchprügeln und dann gegenseitig in Streit
geraten.

[2] Einen Haushalter hat der Wirt in dem Glazer
Weihnachtsspiel (Weinhold a. a. O. S. 111 ff.); er ist aber
dort von ganz untergeordneter Bedeutung und keine
komische Figur. Aehnlich der servus in dem eben angeführten hessischen Weihnachtsspiel.

Spassmacher in keiner Schulkomödie jener Zeit fehlen durfte, ist ja aus Christian Weise genugsam bekannt.

In Scene 4 und 5 treten 3 Bürger aus Nazareth[1] auf, die im Gasthof nur noch notdürftig ein Unterkommen finden, denn eigentlich ist nur für zwei Gäste noch Raum da. Die Worte der Schrift Luc. II, 7 „Denn sie hatten sonst keinen Raum in der Herberge" sollten durch diese beiden Scenen wohl besonders beleuchtet werden. Der Wirt wird in unserm Stück nicht als geldgierig und hartherzig hingestellt; sagt er doch in der 8. Scene zu Schnreck: Sie haben sich verspätiget, ich kann sie doch nicht auf der Gasse liegen lassen." Wie nun bei Lexer im Hirten- und Dreikönigsspiel aus Heiligenblut[2] und bei Schlossar[3] Bd. 1 im Krippelspiele ein Handwerksbursche auftritt, der vom Wirt rauh abgewiesen wird, damit die Hartherzigkeit des Wirtes noch deutlicher hervortrete, so wird uns durch die Ankunft der Leute aus Nazareth die Ueberfüllung Bethlehems vor Augen gestellt. Die 4. Scene aber, wo diese drei Nazarener erst auf das Gasthaus zugehen, hat noch eine andere Bedeutung. Sie unterhalten sich nämlich über die Hoffnungen der Israeliten auf Grund der messianischen Weissagungen. Es vertritt also diese Scene die schon oben erwähnten prophetischen Vorspiele. Damit auch hier das komische Element nicht fehle, parodiert der ganz ungläubige 3. Bürger Stephan die frommen Aussprüche seiner beiden Landsleute.

Nachdem Schnreck diesen Gästen ihr Quartier angewiesen und in einem kurzen Monolog von neuen Gewaltthaten der Crocodilla gegen ihren Mann berichtet hat, treten in Scene 6 Joseph und Maria auf. Das kurze Gespräch, das sie mit einander haben, während sie sich der Herberge nähern, entnimmt seinen Inhalt Lukas I, 30 und 38 und Matthäus I. 19. 20. Dass

[1] Diese habe ich in andern Spielen nicht gefunden.
[2] Kärntisches Wörterbuch, Leipzig 1862. Anhang: Weihnachtspiele und Lieder aus Kärnten.
[3] „Deutsche Volksschauspiele" Halle, Niemeyer 1891.

grade diese zwei Sprüche aus der Geschichte von Mariä
Verkündigung hier vorkommen, sowie der nach einem
Traumgesicht angegebene Plan Josephs, Maria heimlich
zu verlassen, hat ohne Zweifel seinen Grund in den
altüberlieferten Weihnachtsspielen. So beginnt das von
Lexer a. a. O. S. 1 mitgeteilte Hirten- und Dreikönigs-
spiel mit Mariä Verkündigung, wobei der Engel die
Worte spricht:

> Nicht fürcht' Dich, Maria, es geschicht dier kein Leid,
> Ich bin zu dier kummen, verkünd grosse Freud.

und Maria zum Schluss sagt:

> Sieh, ich bin ein Dienerin des Herrn,
> Mier gescheeh nach seinem Wort.

Unmittelbar darauf wird Josephs Befürchtung durch des
Engels Botschaft gehoben, er bittet Maria wegen seiner
bösen Absicht um Verzeihung.[1]

In der nächsten Scene gewährt der Wirt Matthäus
den beiden nach kurzem Gespräch den Stall als Zu-
fluchtstätte gegen Schnee und Kälte. Dass es bitter
kalt war, als Christus geboren wurde, ist ja stehende
Annahme in allen Weihnachts-Liedern und Spielen. Eine
ganz neue Erfindung aber ist der Aufenthalt zweier
egyptischer Prinzen mit ihren „Laqueuen" und reichen
Schätzen in Bethlehem, die im Gasthaus des Matthäus
fast alle Räume mit Beschlag belegt haben. Im Bene-
diktbeurer Weihnachtsspiel (Schmeller, Carmina burana
und Kürschner, Deutsche National-Litteratur XIV. 3)

---

[1] Die beiden ersten Verspaare finden sich fast wört-
lich im Vordernberger Spiel bei Weinhold. Im Ober-
grunder Weihnachtsspiel, mitgeteilt von A. Peter: „Volks-
tümliches aus Oesterreichisch-Schlesien" Troppau 1865, steht
ebenfalls Mariä Verkündigung und Josephs Not und
Tröstung im 5. und 6. Auftritt unmittelbar hinter einander:
ebenso im Rosenheimer Dreikönigsspiel Hartmann, Weihnachtslied etc. S. 166). Auch bei Hans Sachs und Knaust,
ja in altenglischen und altfranzösischen Spielen vgl. Weinhold S. 75) ist von Josephs Absicht, Maria heimlich zu
verlassen, die Rede.

tritt zwar ein rex Egypti cum comitatu suo auf,[1]) hier aber sind es, wie aus dem Nachspiel deutlich zu ersehen, zwei kleine Prinzen mit ihrer Mutter. Sie werden dort als ganz besonders fromm und gottesfürchtig hingestellt, so dass die Ruperte keinen Teil an ihnen haben. Der alte Rupert spricht seine Verwunderung darüber aus: „Die frommen Kinder sind sonsten an Fürstl. Höffen gar seltzsam. Sie müssen eine fromme Mutter haben" etc. Nun habe ich in meinem oben angeführten Programm S. 9 Anm. 2 darauf hingewiesen, dass Hübner die Witwe des Administrators von Merseburg, Erdmuthe Dorothea, Herzogin zu Sachsen, eine sehr gottesfürchtige Frau, ganz besonders verehrte und vor ihrem Sohne seinen Ober-sächsischen Christ-Actus aufgeführt hat. Sollte vielleicht hier eine ehrende Anspielung auf dieses fromme Fürstenhaus vorliegen?

Die letzte Scene dieses Aktes, in der Maria und Joseph im Stall ihr Nachtquartier aufschlagen, wird durch allerlei recht unehrerbietige Pickelheringsscherze Schnrecks unserm Geschmack wenig entsprechend erweitert. Sehr niedlich ist ein neuer Zug: Maria ist stolz auf ihre königliche Abkunft und ihr göttliches Kind. Sie will nicht einmal das Strohbund aufbinden: „Wer weiss, was sich vor Bettelvolk darauf herumbgesielet hatt?" Und während sie sonst meist glaubensstark und getrost dem verzagten, ungeschickten Joseph über alle Schwierigkeiten hinwegzuhelfen sucht,[2]) klagt

[1]) Bei Gustav Mosen: „Die Weihnachtspiele im sächsischen Erzgebirge." Zwickau, 1861, giebt der Wirt S. 27 an, dass die Kayserliche Majestät aus Rom bei ihm eingekehrt sei (offenbar, um die Schatzung persönlich zu leiten!).

[2]) So bei Edelpöck, im Vordernberger Spiel (Weinhold S. 151 f.) und im Oberpfälzischen Weihnachtsspiel (Hartmann, Volkssch. Nr. XLVII, S. 455). Bei Schröer dagegen (Deutsche Weihnachtspiele aus Ungarn, Wien 1858) ist Maria im Oberuferer Christi Geburt-Spiel zwar anfangs getrost, dann aber verzagt, und Pailler sagt in der Einleitung seiner „Weihnachtlieder und Krippenspiele" Bd. II, S. X: „St. Maria ist aber in den einzelnen Dramen und

und jammert sie bei Hübner kleinmütig und muss von Joseph getröstet werden. Zum Schluss singt Maria als Nachtgebet ein vierstrophiges Lied. Eine derartige Einlage findet sich sonst nicht an dieser Stelle. Hirten- und Wiegenlieder aber wurden ja häufig eingefügt.

Im II. Akt, der auf dem Felde bei Bethlehem spielt, treten ausser den 3 Hirten noch 3 Bauern auf wie im Brixlegger Hirtenspiel. (Hartmann, Volksschauspiele Nr. XXXV) das allerdings erst aus unserm Jahrhundert stammt, aber auf ältere Traditionen zurückgehen kann.[1])

Wie fein weiss Hübner die Bauern gegenüber den Hirten zu charakterisieren! Während die Hirten am liebsten ihren Junkern die Hütte „über dem Halse" anstecken möchten und, da dies zu gefährlich wäre, an den Verwaltern gelegentlich grausame Rache nehmen, sind die besitzenden Bauern nicht so demokratisch gestimmt: „Gott erhalt uns nur den lieben Frieden in

---

Scenen auf das Verschiedenste aufgefasst. Freilich im Advendsspiel und in den Einleitungsscenen der grösseren Spiele zeigt St. Maria sich dem Engelsgruss gegenüber stets als die schüchterne, überraschte, fromme Jungfrau, und weiss besonders die ältere Dichtung einen eigenartig zarten Ton für die Worte Marias einzuschlagen, der übrigens in den einfachen Schriftstellen vorklang. Beim Herbergsuchen äussert sich die heilige Jungfrau aber schon in den einzelnen Spielen auf verschiedene Art, bald verzagt und klagend und von St. Joseph getröstet, bald nach der österreichischen Bäuerinnen Art zimpferlich (Salzk.-Spl.), bald dagegen ihren entmutigten Gemahl beruhigend und ihm Mut einsprechend."

[1]) Dort klagen die Bauern über die schlechten Zeiten, die Mägde, den Misswachs, den Metzger, Zins und Steuer. Der eine Hirt bedauert, kein Herr geworden zu sein: das würde er auch schon können: den Leuten etwas verheissen und nichts halten, und einen Frack anziehen mit vielen Tücken in den Falten. Vergl. auch die Rede Widacks in dem Spiel „die Geburt Christi" bei Schlossar Bd. 1. Auch bei Schröer im Oberuferer Spiel sprechen die Hirten von der Schatzung und klagen über die schlechten Zeiten, ohne sich ausführlicher darauf einzulassen. Meist aber sind die Hirten mit ihrem Lose zufrieden und wollen mit keinem König und Kaiser tauschen.

Lande, wir wollen gerne geben, weil wir was haben. —
Es wird ja besser seyn, wir geben es zur Friedenszeit
unser lieben Obrigkeit, alss dass im Kriege die Soldadten
kommen und hohlens selber."

Der 3. Auftritt des II. Akts beginnt mit Gabriels
Gesang: „Vom Himmel hoch, da komm ich her." Dies
Weihnachtslied Luthers ist ja in protestantischen Gegenden
vielfach als Engelsgruss in der Hirtenscene verwandt
worden.[1] Während aber sonst die Hirten durch die
Stimme des Engels und das himmlische Licht aus dem
Schlafe geweckt werden, so dass sie sich schlaftrunken
erheben und denken, es brenne, werden hier die Hirten
mitten in ihrem Gespräche von der Erscheinung des
Engels überrascht; denn nur so kann Hübner seinen
lustigen Einfall verwenden, dass der scharf individuell
gezeichnete Hachus (der vorher den frommen Wunsch
hatte, seinem Junker das Haus anstecken zu können,
dann bedauerte, bei dem ersten bösen Stücklein nicht
dabei gewesen zu sein und ein zweites mit Wohlbehagen
erzählte, endlich unmittelbar vor Gabriels Erscheinen
den Sohn seines Junkers eine „Cröthe" titulierte) von
Gewissensbissen gequält, ausruft: „Ich weiss wohl, was
seyn wird. Der Engel wirds gehört haben, wie wir
vorhin auf die Obrigkeit so schmählten." Sehr drollig
ist auch die Beschwörung, mit der Hachus dem Engel
zu Leibe geht: „Alle gute Geister loben Gott den
Herrn,"[2] worauf Gabriel gar geschickt mit der 15
Strophe des Lutherliedes antwortet:

,Lob, Ehr sei Gott in höchsten Thron" etc.

Weiterhin entspinnt sich eine sehr lebhafte Wechselrede
zwischen Gabriel und den Hirten und Bauern, weit

[1] Siehe eine Zusammenstellung darüber bei Bolte
Märkiesche Forschungen 18. Jahrgang 1884, S. 166.

[2] Auch bei Schröer ruft Gallus im Traum bei der
Erscheinung des Engels: „Ein Gespenst will uns vexieren,
unsern Schlaf thut es turbiern."

ausführlicher als in den Volksdramen.[1]) Als der Engel sagt: „Ich rede von dem Messiä, der das betrengte Haus Israel wieder in die Freyheit setzen soll", wird er mit Fragen über die den Hirten dabei auftauchenden Aussichten so bestürmt, dass er sie mit den Worten abschneiden muss: „Ich habe keinen Befehl euch anietzo von dem Ampte und Vorsehn des Messiä zu predigen" etc. Die Lust, auf die Mahnung des Engels hin nach Bethlehem zu gehen, ist nicht sehr gross; besonders Hachus denkt wieder an seine böse Zunge und befürchtet eine nachträgliche Bestrafung.[2]) Während die drei Bauern (wodurch ihr Nichterscheinen im nächsten Akte motiviert werden soll) sich Bedenkzeit nehmen und ihren Nachbarn und Weibern erst das Erlebnis mitteilen wollen, sehen die Hirten zunächst nach ihren Schafen, ob ihnen bei dieser unheimlichen Geschichte nicht etwa eins abhanden gekommen ist. Nur Hachus, das Grossmaul, fühlt sich sicher: Sein grosser Hund würde den Engeln bei feindlichen Absichten schon in die Beine gefahren sein. Von Geschenken, die sie dem Christkinde mitnehmen wollen, ist, der volkstümlichen Tradition entgegen, nicht die Rede. Erst nach der Anbetung bedauern sie, nicht ein Lämmchen mitgenommen zu haben.[3]) Um anzudeuten, dass der Schauplatz sich ändert, treten die Hirten ab.

---

[1] Meist findet ein Gespräch zwischen Engel und Hirten überhaupt nicht statt, dem biblischen Texte entsprechend. Ausnahmen s. bei Hartmann, Volksschauspiele S. 383, wo aus dem Erler Spiel angegeben wird: „Alle verwundern sich und plaudern drollig mit dem Engel." Weitere Beispiele bei Hartmann, Weihnachtslied etc. S. 86 f., S. 92 unter Nr. 126, S. 115, Strophe 9 und bei Pailler: „Weihnachtslieder und Krippenspiele aus Ober-Oesterreich und Tyrol." Innsbruck 1884 Bd. II. No. 448, 450, 474, 480 etc.

[2] Auch der Wolf wird hier wie fast überall erwähnt.

[3] In dem Weihnachtsspiel von Joh. Seger, Greifswald 1613 und in einem thüringischen Spiel, mitgeteilt von Dr. Klopfleisch in der Zeitschrift des Vereins für thüringische Geschichte VI. S. 249 ff. bringen die Hirten auch keine Geschenke. Sollte sich dies in Nord- und Mitteldeutschland häufiger finden?

III. Akt. Die Zeit, welche bis zu ihrer Ankunft in Bethlehem verstreicht, wird durch einen kurzen Monolog Schurecks ausgefüllt, in welchem er die Geburt Christi verkündigt, vor dem der Esel sich anbetend neige.[1] Die Geburt wird also nicht dargestellt; ebenso ist nachher Maria als Wöchnerin nicht mehr zu sehen, da sie von der plötzlich ganz umgewandelten Crocodilla[2] in die warme Stube gebracht worden ist.[3] Der sonst in seinen Ausdrücken und Spässen oft überaus derbe Verfasser zeigt sich also hier gar feinfühlig. Das Volksdrama weiss von solch zarter Rücksicht nichts, aber auch nichts von so simplicianischen Rohheiten.

Zwischen der Ankunft der Hirten in Bethlehem und der Oeffnung des Stalles vergeht eine geraume Zeit, in welcher Schureck sich mit den Hirten unterhält. Diese dem Pickelhering geweihte Partie hat natürlich

---

[1] Vergl. Lexer a. a. O. 2. Weihnachtslied S. 305:

Das Oexlein und das Eselein
Erkennet Gott den Herren sein,
Ihre Knie thöten sie biegen;
Das Kripplein gaben sie willig dar
Dem Kindlein vor sein Wiegen.

und ebenda letztes Lied:

Ein Ochs sich g'schwint neiget,
Der Esel sich beiget.

Pailler a. a. O. Bd. II, S. 149:

Gott liegt verlassen auf stechendem Heu,
Gütige Tiere erwärmen ihn treu.

„Die Stelle Jesaias I, 3: der Ochs kennet seinen Eigentümer und der Esel die Krippe des Herrn wird gewöhnlich von Alters her darauf bezogen."

[2] Diese Umwandlung wird durch ein ganz ähnliches Wunder bewirkt wie in Hübners anderm Schuldrama. Wie dort dem Wittekind das Schwert aus der Hand fällt, als er seinen Sohn ermorden will (vgl. mein Programm S. 28), so hier der Crocodilla ihre ständige Waffe, die Ofengabel, als sie wütend in den Stall stürmt, um die Wöchnerin hinauszutreiben.

[3] In einem Weihnachtslied aus dem 15. Jahrh. bei Weinhold S. 387 macht die Wirtin auch zu Mitternacht ein Feuer und bittet Maria mit dem Kinde in die Küche hinein.

mit den volkstümlichen Weihnachtsspielen nichts zu thun.[1]
Bemerkenswert ist nur, dass die dazwischen auftretende
Crocodilla Joseph ganz der Volkstradition gemäss als
armen, alten Mann hinstellt, der nicht weiss, „wie ers
angreifen soll."[2]

Die Anbetungsscene zeichnet sich ganz wie die Ver-
kündigungsscene den Volksdramen gegenüber durch grosse
Lebendigkeit des Dialogs aus, hat aber mit ihnen das
uns so eigenartig anmutende ächt volksmässige Gemisch
derb realistischer und ungemein gemütvoller Ausdrücke
gemeinsam. Der Wunsch, das Kind herzen und küssen,
ja nach Hause mitnehmen und der Frau zeigen zu
dürfen, findet sich auch in andern Spielen.[3] Leider ist
es mir nicht gelungen, das gleich nach der Anbetung
von Hachus angedeutete Lied mit dem Anfang:

> David war auch ein Schäffer-Knecht
> Und doch wurden ihm die Königes Hosen gerecht,

aufzufinden, obwohl die Hirten in ihren Gesprächen und
Liedern gern von David sprechen.[4]

---

[1] Nur die Art, wie Schureck die Leichtgläubigkeit
der dummen Hirten verspottet, erinnert an die beiden
Pharisäer im Angerberger Hirtenspiel bei Hartmann, Volksschauspiele, S. 341.

[2] Vergl. Pailler a. a. O. Bd. II. Vorrede S. XI.

[3] So Lexer a. a. O. S. 280:
> I' wer die Mue er trag'n,
> Ob i's mit mier terf trag'n.
> I' hiet a rechte Freud."
> „Du rödst g'scheut."

Vergl. ferner Weinhold S. 93, 95, 406, 417 und Pailler
a. a. O. Bd. II, Vorrede S. XI.

[4] So in dem oft wiederkehrenden Liede: „Lustige
Hirten, freidige Knaben" etc. Am meisten erinnern an
diese Zeilen folgende Verse:
Weimarisches Jahrbuch III, 391 ff. im Kremnitzer
Weihnachtspiel, mitgeteilt von Schröer:
> David, auch ein Hirt,
> Nachmals ein Königreich regiert.

Ferner Zeitschrift des Vereins für thüringische Geschichte,
VI, 249 ff.:
> Nun will ich mich nicht länger verweilen,
> Sondern zu dem Könige David eilen,

Einzig dastehend ist meines Wissens die Erfindung, nach beendeter Anbetung den Engel Gabriel noch einmal erscheinen zu lassen, damit er die Hirten über die Bedeutung der Menschwerdung Christi aufkläre. Der Inhalt aber dieses Gesprächs, soweit es vom Engel geführt wird, ist uralt: der Engel weist auf Evas Schuld hin: die göttliche Gerechtigkeit habe deswegen das Menschengeschlecht verdammt, die göttliche Barmherzigkeit aber dagegen protestiert. Die göttliche Liebe habe die Sendung des Gottessohnes auf die Erde beschlossen und die göttliche Weisheit habe bestimmt, dass die Seligkeit der Menschen von dem Glauben an dieses Kind abhängen solle. Jeder Kenner der einschlägigen Litteratur wird hierdurch unwillkürlich an die Paradeisspiele mit den Processscenen im Himmel erinnert.[1]) Höchst originell ist die Verquickung dieses altehrwürdigen, mystischen Stoffes mit dem so ganz in der rauhen Alltagswelt befangenen Vorstellungskreis der biederen Hirten,[2]) denen nach der tiefsinnigen Belehrung durch den Engel nichts näher liegt, als ihn in der Schenke freizuhalten, weil er „die ganze Nacht ihnen aufgewartet" habe.

> Der war in seiner Jugend auch ein Schafknecht,
> Dabei hielt er sich fromm und recht,
> Und ward hernach ein solcher Mann,
> Der Kron und Scepter tragen kann.

[1]) Ueber das parabolische Weihnachtsspiel vergl. Weinhold S. 288 ff. Dass auch bis in Hübners Zeit die Vorliebe für diese Processscene im Himmel sich rege erhalten hat, sieht man aus dem Richterschen Text der ersten Hamburger Oper: „Der erschaffene, gefallene und aufgerichtete Mensch" 1678.

Schröer, Weimarisches Jahrbuch IV, S. 383 giebt ein Paradeisspiel aus Ungarn und bemerkt dazu, dass dasselbe immer unmittelbar nach einem längeren eigentlichen Weihnachtsspiele gespielt worden sei.

[2]) Etwas Aehnliches findet sich in Hartmanns „Weihnachtlied": S. 58 ff. werden Lieder aus Lauffen mitgeteilt. Beim 4. Liede heisst es: „In den übrigen 6 Strophen wird der Sündenfall in drolliger Manier erzählt und satirische Bemerkungen gegen das schöne Geschlecht daran geknüpft.

Auf diese Christ-Comödie folgt ein als IV. Akt
bezeichnetes Nachspiel, in dem Rupertus d. i. Knecht
Ruprecht mit 3 Söhnen auftritt. Auch hier sind allerlei
alte Ueberlieferungen benutzt, aber selbständig umgestaltet.

Allbekannt ist die alte Sitte, dass in der Zeit
zwischen dem 1. Advent und Weihnachten in vielen
Gegenden Deutschlands der Schreckensmann der Kinder,
der Knecht Ruprecht, unter den verschiedensten Namen
in fürchterlicher Vermummung mit grausigem Gepolter
erscheint, um die bösen Kinder mit seiner Rute zu
züchtigen oder in den Sack zu stecken und die guten
zu beschenken, nachdem sie ihm ein Versehen oder
einen frommen Spruch aufgesagt haben. Vielfach ist
er der Begleiter des hl. Christs: auch St. Nikolaus,
St. Petrus und der hl. Martin finden sich ein, und dann
bleibt für Ruprecht nur die traurige Rolle des Anklagens,
Schreckens und Strafens. Aus dieser Sitte entwickelten
sich die schon oben erwähnten sogen. Nikolaus-Spiele,
die aus dem Volksmund vielfach aufgezeichnet sind.
Sie alle stimmen darin überein, dass über das Betragen
der Kinder Auskunft gefordert wird und nach allerlei
Anklagen und Entschuldigungen oder einem angestellten
kleinen Examen ihnen Geschenke und Ermahnungen zu
Teil werden. In einem von Gustav Mosen „Weihnachtspiele im sächs. Erzgebirge" (Zwickau 1861) mitge-
teilten Weihnachtsspiel findet sich wie in unserm Stück
eine solche Ruprechtscene unmittelbar hinter der Anbetung der Hirten im Stall.

Aber dies alles bringt uns noch nicht viel weiter;
denn sowohl in Bezug auf den Inhalt als auch auf die
mit dem alten Rupert auftretenden Personen hat unser
Nachspiel mit den bekannten Nikolausspielen so gut
wie nichts gemein. Ja schon das Benehmen Ruprechts
selbst weist einige recht befremdende Züge auf. Ein
rauher, polternder Gesell ist er ja allerwärts, aber
auffallend ist es doch, dass er, der sonst in Begleitung
des Christkinds und andrer heiliger Personen auftritt,
bei Hübner in Gabriel seinen grössten Feind sieht und

sich ärgert, wenn die Knaben fromm sind und beten, weil er ihnen dann nichts anhaben kann. Er ist also bei Hübner eine Teufelsgestalt.[1]) Das ist aber ganz der Volksanschauung gemäss: denn erstens einmal erscheint in den Adventsspielen Ruprecht oder seine Vertreter: der bayrische „Klaubauf", der kärntnische „Bartel" und der niederösterreichische „Krampus" durchaus teufelsmässig mit geschwärztem Gesicht, lang heraushängender, roter Zunge u. s. w.[2]) Ferner zeigt sich verschiedentlich auch in den Gesprächen ein scharfer Gegensatz zwischen Ruprecht und den Heiligen. So heisst es in dem schon erwähnten, vielleicht in seinen älteren Teilen aus Hübners Zeit stammenden thüringischen Weihnachtsspiel[3]) Akt III Scene 3:

Die aber gewesen bös und faul,
Es seien Mädchen oder Knaben,
Wird bald erhaschen Ruppert sein schwarz Feuermaul.

Wenn dann in der folgenden Scene Ruppert in die Stube tritt, wird er vom heiligen Christ angefahren:[4])

Du aller Kinder Feind, wer hat dich hergebeten?
Rup. Ich komme von mir selbst und bin daher getreten.

Als endlich der hl. Christ für diesmal den Kindern noch verzeihen will, poltert Ruppert los:

Da, da, da — da wird gewiss nichts draus,
Das geb' ich partout nicht ein!
Da hab ich ein'n grossen Ranzen met
Da stäck ich se alle nein.

Nach Ruppert kommt Hans Pfriem, angezogen wie Knecht Ruprecht, nur statt des Ranzens mit einem Sack auf dem Rücken; er klagt ebenfalls über die

---

[1]) Auch in Hübners Ober-sächsischem Christ-Actus ist Ruprecht im höchsten Grade aufgebracht, dass ihm die Kinder von Gabriel nicht überliefert werden, und wird von diesem „Lügenvater" genannt.
[2]) Vergl. Schlossar a. a. O. I, 337 und Vernaleken, „Mythen und Bräuche des Volkes in Oesterreich" S. 286 f.
[3]) Zeitschrift für thüringische Geschichte VI. S. 270.
[4]) Auch bei Gustav Mosen a. a. O. S. 23 stehen Engel und Ruprecht einander feindlich gegenüber.

bösen Kinder und das böse Gesinde, und zum Schluss
heisst es:

> Und die nicht fromm gewesen sein,
> Müssen all in meinen Sack hinein,
> Und komm ich wieder übers Jahr,
> So fress ich euch mit Haut und Haar.

Zu diesem bei Hübner ja eine so grosse Rolle
spielenden „fressen" ist zu vergleichen ein von Weinhold a. a. O. S. 34 angeführter Spruch Ruprechts aus
den „Weihnachtfratzen" von Prätorius:

> Ich bin der alte, böse Mann,
> Der alle Kinder fressen kann.

Direktor Dr. Franz Weineck in Lübben führt in
seinem ungemein anregenden, auf sorgfältig gesichtetem
Material aufgebauten Aufsatz: „der Knecht Ruprecht
und seine Genossen"[1]) aus, dass sich unter Ruprecht
und Seinesgleichen der altgermanische Gott Donar ver-
birgt. Dies war der Gott der Bauern. Im Volk hat
er sich eben deshalb um so fester behauptet, „weshalb
eben ihn vor allen andern Göttern die Kirche zum
Teufel oder zum volkstümlichsten Heiligen (St. Peter)
gemacht hat." Einen trefflichen Beleg dafür, dass das
Volk den Knecht Ruprecht mit dem Teufel identifizierte,
finden wir bei Schlossar a. a. O. Bd. I. Dort wird
als letztes Stück ein Nikolausspiel abgedruckt, in
welchem an Stelle Ruprechts Lucifer mit
andern Teufeln auftritt. Nun wird auch das
fressen der Kinder erklärlich. Mone sagt in seinem
Werk „Schauspiele des Mittelalters:" Bd. II. S. 26: „Das
himmlische Gastmahl wird in den Schriften des Mittelalters oft für die Freuden der Seligkeit überhaupt genommen; und da es in der Bibel heisst, der Teufel gehe
um, wie ein brüllender Löwe, suchend, wen er ver-
schlinge, welches Bild auch in das Offertorium der
Seelenmesse aufgenommen wird: so lag die Gegenstellung
eines höllischen Frasses ziemlich nahe, worauf in

[1]) Niederlausitzer Mitteilungen Bd. V, Heft 1—4. 1897.

diesem Schauspiele (Christi Auferstehung) mehrmals hingewiesen wird. Die Verdammten werden nämlich
in der Höllenküche gebraten und von den Teufeln
gefressen (Vers 461, 1107, 1309. 1329 ff)." An der
letzten Stelle ist sogar wie bei Hübner von Schinken
die Rede. Wenn nun unser Dichter mit seinem Rupert
und dessen 3 Söhnen, welche die bezeichnenden Namen
Antropophagus (oder Andropophagus) Misandropus, und
Ripsrapsius führen,[1] Teufel auf die Bühne brachte, so
lag es für ihn sehr nahe, die volkstümlichen Teufelsscenen für dieses Nachspiel zu benutzen.

Dass die höllischen Geister sowohl bei Christi Geburt als bei seiner Auferstehung im Gefühl, dass nun
ihre Weltherrschaft ein Ende habe, in Aufregung geraten und mit einander überlegen, was sie dagegen
thun könnten, ist ein in den bibl. Dramen oft ausge-
führter Gedanke. So tritt in dem Spiele „Geburt Christi"
von Henricus Chnustinus (aufgeführt Berlin 1540. Neu-
druck von G. Friedländer 1862) Beelzebub mit zwei
Dienern auf, welche darüber klagen, dass ihnen durch
die Ankunft Jesu ihre Macht genommen sei. Ebenso
findet sich bei Wilken: „Geschichte der geistlichen
Spiele in Deutschland" (Göttingen 1872) als Inhalt von
Akt III. Scene 5 des Weihnachtsspiels von Joh. Seger
angegeben: „Verdruss der Teufel Lucifer und Beelzebub
über Christi Geburt." Und Herodes Befehl, die Kinder
unter 2 Jahren in Bethlehem zu morden, wird vielfach
als Eingebung des Teufels dargestellt, der dann am
Schluss die Seele dieses Bösewichts mit seinen Gesellen
triumphierend in die Hölle schleppt. 2 Teufelsscenen
aus dem 15. Jahrh. zeigen nun in ihrem Inhalt einige

[1] Mone a. a. O. S. 27: „die Franzosen (die das Teufelsspiel früher ausbildeten als die Deutschen) erfanden Namen,
welche den Charakter bestimmter Personen ihres Schauspiels
bezeichnen sollten. In ähnlicher Art sind die deutschen
Teufelsnamen gebildet." Vgl. auch das Spiel von Lasius,
herausgegeben von Bolte in den Märkischen Forschungen
Bd. XVIII.

Verwandtschaft mit unserm Nachspiel. Nicht als ob ich glaubte, dass Hübner direkt aus diesen alten Stücken einige Züge entlehnt habe; wohl aber ist es nicht unwahrscheinlich, dass diese mittelalterlichen Spiele sich in verschiedenartigen Variationen Jahrhunderte lang werden fortgepflanzt haben. Ich meine erstens das hessische Weihnachtsspiel (Kürschner, Deutsche Nat.-Litt. XIV, 3): Dort folgt unmittelbar auf die Krippenscene eine Beratung der Teufel. Einer von ihnen, Machadantz, will das Christuskind rauben. Das 2. ist das Redentiner Osterspiel (Kürschner XIV, 1), dies hat als Nachspiel ein ausführliches Teufelsspiel, in welchem Lucifer seine Gesellen mehrere Male auf Raub ausschicken muss, weil sie ihm keine Beute heimbringen. Die ihm vorgeführten Seelen müssen in ähnlicher Weise ihre Sünden beichten, wie Schureck dem alten Rupert.

Ueberblicken wir nun die angestellten Einzeluntersuchungen und Vergleichungen, so kommen wir zu folgendem Ergebnis: Hübner, der vor Anfertigung seines Spieles Forschungen auf diesem Gebiete sicherlich nicht angestellt haben wird, muss eine reiche Fülle volkstümlicher Advents- und Weihnachtsspiele aus eigner Anschauung gekannt haben, da sein Spiel durchaus auf alten Ueberlieferungen aufgebaut ist. Ueberall aber verhält er sich dem gegebenen Stoffe gegenüber selbständig: kann ich doch schon bei den Namen der auftretenden Personen nirgends eine Entlehnung nachweisen. Zu diesem altüberlieferten Volksgut hat er dann eine Reihe von Scenen selbständig erfunden, in welcher er seinem Zeitgeschmack in Pickelheringsspässen und derben Heldenstückchen huldigt. Altes und neues weiss er zu einer Einheit geschickt zu verbinden. Nirgends wird er breit und langweilig. Die Charakterzeichnung ist ihm gut, zum Teil vortrefflich gelungen. Und — was für einen Gelehrten seiner Zeit ein gar seltenes Lob ist

---

¹) Ueber Verhöre von Seiten des Teufels vgl. Wackernell „Altdeutsche Passionsspiele aus Tirol," Graz 1897, S. CLXXXIX.

— überall ist er schlicht und natürlich, heiter und witzig, den Volkston sicher treffend. Sollte Christ. Weise durch seine Bemühungen auf dem Gebiete des Schuldramas noch mehr solche begabte Nachahmer hervorgerufen haben, die, nur durch Gottscheds Verdammungsurteil niedergedonnert, der Nachwelt entschwunden sind?

Zum Schlusse noch einige Bemerkungen über die Handschrift und die Abweichungen von ihr, welche bei der Drucklegung nötig erschienen. Das Manuskript in klein Quart ist nicht von Hübner angefertigt, wie ein Vergleich mit Aktenstücken von seiner Hand auf den ersten Blick ergiebt, sondern von einem Schreiber, dem es zwar nicht an einer geläufigen Hand, wohl aber sehr an orthographischer Schulung und Sinn für Ordnung und Gleichmass fehlte. Möglichst rasch sich der Arbeit zu entledigen, scheint seine Hauptsorge gewesen zu sein. So schreibt er gleich bei dem Personen-Verzeichniss 6, 7 und 8 unter einander, 9, 10 und 11 in eine Zeile; die Zahlen werden bald mit Buchstaben, bald mit Ziffern gegeben: einmal heisst es Scena I, dann Scen. II, Sc. III u. s. w. Solche ganz belanglose, für unser Auge aber sehr störende Ungleichheiten wurden ausgeglichen, auch der Interpunktion, wo offenbare Nachlässigkeiten vorlagen, etwas aufgeholfen. Ferner wurden Abkürzungen, bei denen ein Zweifel nicht möglich ist, aufgelöst, und die lateinische Schrift, die unter anderm alles Fremdsprachliche derartig scharf kennzeichnet, dass sich Nachtquartier und Exequirer findet, gänzlich ausgeschlossen. Im übrigen aber ist die Orthographie, den Grundsätzen dieser Sammlung entsprechend, trotz ihrer Krausheit genau beibehalten worden.

Es erübrigt noch, einzelne dunkle Ausdrücke kurz zu besprechen:

3,9 Kübbuj] soll dies Wort vielleicht „Kibbuz" heissen? Für einen Theologen lag es nahe, bei Schurek=ebräisch ū an Kibbuz=ebräisch ŭ zu denken.

5,7; 37,26 Der Hammer (Thors)] vielfach als Fluch und Verwünschung und abgeblasster auch als blosser Ausruf des Staunens gebraucht. Deutsches Wörterbuch IV, 2, S. 315. Vgl. auch „Niederlausitzer Mitteilungen" Band V, S. 55.

7₃₅ herumbſtirelen] undeutlich geschrieben; stüren = an oder in einer Sache stören, stöbern, stochern; vgl. Schmeller² II, 780.

10₄ gleich) des ganges] Deutsches Wörterbuch unter Gang f wird der adverbiale Genetiv besprochen: ſi wollen eins ganges gen Himmel faren = auf einmal, sofort. Hier wohl soviel als: bei dieser selben Gelegenheit.

14₂ Rampagne] Schiller und Lübben: „rampanien Kaldaune, Sülze? (sonst panse) vgl. rampampen."

17₁₃ ſpünten] Schiller und Lübben: „spunden mit einem Spunt, Zapfen verschliessen." Hier also: Den Bart mit Keilchen in die Spalte einklemmen.

17₂₆ der Bauch thonte] Schiller und Lübben: „donen schw. v. aufgeschwollen sein, strotzen.

23₂, Das Ding hat einen Hund] Wander. Sprichwörter-Lexikon II. S. 891. No. 1623: „Es hat einen Hund." Deutsches Wörterbuch IV, 2, S. 1917 wird die Redensart dunklen Ursprungs besprochen: Da liegt der Hund begraben. Dann heisst es: „Aehnliche Redensarten sind möglicherweise nur Abänderungen der aufgeführten: Es hat einen Hund". Offenbar = da steckt etwas dahinter.

25₂ Dummel] Deutsches Wörterbuch: „Dummel, Tummel = Rausch."

25₁₀ Schirbel = Scherbe: Geschirr aus hart gebranntem Thon z. B. Blumenscherben, Nachtscherben: vgl. Sanders Wörterbuch II, 2, 909, Deutsches Wörterbuch VIII, 2562.

26₃₂ 6 Wöchnerin] der ursprüngliche Ausdruck = eine Frau, die sich 6 Wochen zu Hause halten muss.

27₁₆ Artich] mir sonst nicht nachweisbar, wohl dialektisch für den anderweitig üblichen Hohnruf: Etsch, etsch!

31₂₈ fluchs forne = flugs vorn d. h. gleich am Anfang: vgl. 37₂₁ flugs = gleich.

33₃₄ wie nichts guts] vielfach noch heut gebräuchliche Redensart = aus Leibeskräften.

35₂ Schwinderling] Maulschelle (wol eine gründliche woüber einem Hören und Sehen vergeht) Schmeller² II, 637.

35₂₁ bey der Karthauſe = beim Schopfe; vgl. Deutsches Wörterbuch unter cartause und karthause.

Hamburg, Mai 1890.

Friedr. Brachmann.

Chrift-Comödia.

Perſohnen.

1. Joſeph.
2. Maria.
3. Matthäus.   Ein Gaſtwirth zu Bethlehem.
4. Schureck.   Deſſen Haus Knecht.
5. Crocodilla.   Die Gaſtwirthin.
6. Zacharias
7. Tobias und   } Drey Bürger aus Nazareth.
8. Stephan
9. Runcus
10. Hachus   } Drey Hirten.
11. Rilpus
12. Aſmus
13. Grobian   } Drey Bauern.
14. Stolprian
15. Gabriel und
16. ein Chor Engel.
17. Rupertus
18. Antropophagus
19. Miſandropus und   } Vier Ruperte.
20. Ripsrapsius

Christ-Comödia.

Actus I. Scena 1.

Matthäus undt Schureck.

Matthäus. So hastu Lust Dienste anzunehmen?

5 **Schureck.** Ja Herr ich bin keinem Dinge grämer als dem Müßigange.

Matthäus. Wie ist dein Nahme?

Schureck. Ich heiße Schureck, und mein Vater hatt Kübbuf geheißen.

10 **Matthäus.** Aber verstehstu dich auch auf die Haußhaltung? Ich bin der vornehmste Gastwirth zu Bethlehem.

Schureck. Je nun, ich habe meinem vorigen Herrn seinen Esel viel 100 mal gebürstet. Ich dencke,
15 ich werde die Kunst ja nun nicht verlernet haben.

Matthäus. Warumb bistu aber nicht bey deinem vorigen Herrn geblieben?

Schureck. Der Herr war gut genung. Er hatte nur ein einziges Laster an sich.

20 **Matthäus.** Was war denn das vor ein Laster?

Schureck. Seht ich wils euch kurz erzehlen: mein Herr aß und tranck gerne.

1*

Matthäus. Das ist eben kein Laster. Essen und trincken erhält den Leib.

Schureck. Ja Herr, es blieb darbey nicht; sondern wenn er gegessen hatte, so fraß Er, und wenn Er getruncken hatte, darnach soffe Er.

Matthäus. Fressen und sauffen ist zwar keine Tugend, aber du hättests ja wohl können geschehn lassen.

Schureck. Lasts euch nur weiter erzehlen, wenn er gesoffen hatte, darnach schmieß Er mit Hundsfüttern und Beerenheutern umb sich.

Matthäus. Das muß ein Pursche deines gleichen nicht achten, wenns gleich bisweilen im Hause donnert und wetterleicht.

Schureck. Ja wenns beym wetterleichten geblieben wäre, manchmal schlug es gar ein.

Matthäus. Ach es wird nur irgend so manchmal ein Uebergang gewesen seyn.

Schureck. Ey, es hatt sich wohl, Nasenstieber waren mein Früh-Stücke; Ohrfeigen mein Mittagsessen; ein spanisch Rohr mein Vesper-Brodt; und ein Ochsenziemer eines armesdicke meine Abendmahlzeit.

Matthäus. Du wirst es vielleicht darnach gemacht haben?

Schureck. Ach man mochte guts oder böses thun, so wars einerley. Mein Herr war in der Jugend ein Soltadt in Egypten gewesen, da hatt Er das Wammbsklopffer-Handwerck so gelernet. Das hing ihm hernach sein Tage an.

Matthäus. (ad spectatores.) Der Kerl kömbt mir vor, wie ein halber Pickelhering, er solte sich nicht übel vor meine Hauß Haltung schücken. Denn ein Gastwirth muß entweder selber ein halber Narre seyn, oder er muß jemand halten, der den Gästen die Zeit vertreibet. — Kurz von der Sache zu reden. Was wilstu Lohn haben?

Schureck. Unter 20 Silberlingen kann ichs nicht thun.

Matthäus. Höre, ich habe einen nothwendigen Gang, gehe unterdeßen in mein Hauß, ich will bald wiederkommen, da wollen wir den Handel zum Ende bringen.

Actus I. Scena 2.

Schureck und Crocodilla.

5 Schureck. Der Hammer was hab ich für ein Examen ausſtehen müßen, hätte ich mich doch lieber noch einmal auf meine alten Tage wollen beſchneiden 10 laßen. Keine Frage ward mir ſchwerer zu beantworten, alß da ich ſagen ſolte, wie ich von meinem vorigen Herrn wegkommen wäre. Ach ihr Leuthe lernet doch an meinem Exempel, was es vor eine edle Sache umb eine Nothlügen ſey. — Potz Schlapperment, was kömbt 15 da vor ein Unthier? Wo das die Hauß Jungfer iſt, ſo werde ich mich nicht übel bey den armen Dienſte befinden!

Crocodilla (mit einer Ofengabel). Je das verfluchte Geſinde! ie, daß doch nicht alle Knechte den 20 Strick umb den Halß und alle Mägde den Staub-Beeſen auf den Buckel haben ſollen. Den Knecht hab ich geſtern zum Hauſe naus geprügelt, und ietzund, hab ich der Magt den Kopff mit ungebranter Aſche gewaſchen: Glaubet mir ihr Leuthe es iſt kein beſſer Haußgewehr 25 als eine Ofengabel. Aber was geht denn da vor ein Kerll in mein Hauß herumb? Er ſieht bald aus als wenn er was mauſen wolte. Ach du armer Narre bey mir kömbſtu nicht an, ich ſpreche alle Morgen und Abende den Diebes = Seegen über meine Hüner und 30 Gänſe.

Schureck. Glück zu altes Müttergen!

Crocodilla. Je, du junger Narre, was darfſtu mir denn mein Alter vorwerffen, wilſtu nicht alt werden, ſo laß dich jung hängen. Du ſiehſt mir bald aus wie 35 ein Spitz-Bube.

Schurck. Führwahr, wenn ich nicht wüßte, daß mann einem Frauenzimmer was müste zugutehalten, so würde ich ein solch Compliment mit 5 Fingern beantworten.

Crocodilla. Mit 5 Fingern wirstu meinen. Ich hab Ihrer 10, ich wolte sie gewiß nicht in Schubsack stecken. Daß ichs zur guten Stunde rede. Ich habe 4 Männer gehabt, 3 hab ich schon zu grabe geschickt, der 4te muß auch noch unter die Erde. Du Straßenräuber ich wil mit dir bald fertig werden.

Schurck. Frau, bleib mir vom Leibe, oder ich nehme eure alte Seele aufs Hertze. Ich bin ein ehrlicher Kerll.

Crocodilla. Je nun, wie ehrlich bistu denn? Ich habe immer gehöret, garzu ehrlich ist halb schelmisch. Laß doch hören, wie heistu denn.

Schurck. Ich schäme mich meines Nahmens nicht; ich heiße Schurck.

Crocodilla. Mein! ist das nicht ein artiger Nahme, klingt Er doch bald wie Schurcke.

Schurck. Ey meinen Nahmen laß ich nicht schimpfen. Du alte Wettermacherin (er zieht vom Leder.)

Crocodilla. Halt, halt, ich will dir mit meiner Osengabel die verfluchte Seele bald aus dem Leibe herausstoßen.

Schurck. Und ich wil dich zerhacken, alß wenn du ein Krautstrunck wärest, du Rabenaß. (Sie gehen auf einander loß.)

Crocodilla. Ihr Leute, kombt mir zu Hülffe, es ist ein Dieb da.

Schurck. Rauß ins Gewehr, es ist eine alte Here da.

Crocodilla. Feuer, Feuer, es ist ein Mortbrenner da.

Schurck. Zu Hülffe, zu Hülffe, der böse Geist hatt sich in ein alt Weib verwandelt und will mich besiegen.

Actus I. Scena 3.

Matthäus und die Vorigen.

Matthäus. Was zum Element geht in meinem
Hauſe vor?

5   **Schureck.** Herr, Herr hilff mir, der Teuffel geht
in Menſchensgeſtalt herumb.

Crocodilla. Mann, Mann, es iſt ein Nacht=Rabe
da, ſeyd ihr beßer als ein Huntsfuth ſo helfft mir.

Matthäus. Halt ich wil bald Friede machen.

10   (Er holt einen Thür=Riegel. Die Frau läufft darvon.)
Ein ieder Mann iſt König in ſeinem Hauſe.

Schureck. Herr ich bin unſchuldig, ich habe nicht
gewuſt, daß Ihr eine beſeßene Frau in eurem Hauſe
habt.

15   **Matthäus.** Du biſt ein Narre, es iſt meine Liebſte,
deine zukünfftige Wirthin.

Schureck. Führwar Herr, wenn ihr nicht darzu
kommen wäret, ſie hätte mich geſpieſt, ſie ſetzte die
Ofengabel mir da ins dünne, wer weiß, ob ich nicht

20 gar einen Bruch kriege.

Matthäus. Ja das muß einer bey meiner Frau
gewohnen. Eine haupt Wirthin iſt ſie, das iſt wahr.
Aber manchmal kriegt ſie den Koller; ſonderlich, wenn
ſie ſo tief in die Branntwein Bulle gekucket hatt.

25   **Schureck.** Herr wenns euch ein Dienſt iſt, ich wil
euch bald von der böſen Frau helffen.

Matthäus. Du wäreſt mir eben recht. Das
alte Mütterchen hat mich zum Manne gemacht. Vor
dieſem hing mir das Hembde zum Hoſen heraus, nun

30 kann ich mit dem fetten Maule zum Fenſter heraus
ſehen, und was geht dich die Frau an. Du darfſt
niemanden aufwarten alß deinem Herrn.

Schureck. Nun ja Herr. Ihr ſolt keinen treu=
ren Diener gehabt haben, aber die Frau laß ich mir

35 fürwahr nicht mit der Ofengabel im Leibe herumb=
ſtirelen.

Matthäus. Komm du nur mit mir, du solst bey mir keine Noth haben. (Sie gehen ab.)

Actus I. Scena 4.

Zacharias, Tobias, Stephan.

Zacharias. Gott Lob, daß wir Bethlehem noch 5 vor Abends erreichet haben.

Tobias. Gott Lob, daß uns auf dem weiten Weg kein Unglück begegnet ist.

Stephan. Ich sage vielmehr, daß Gott erbarm, daß wir so einen weiten Weg haben reisen müssen. 10

Zacharias. Was hilffs, das Scepter ist einmal von Juda entwendet.

Tobias. Und nun wird es nicht beßer werden, bis der Messias kommen wird.

Stephan. Ja ich dencke auf den nimmermehrs= 15 Tag wird Er sich einstellen! Mein Groß=Vater tröstete sich auch darmit immer, wenn die Schuld=Leuthe kahmen, und mahneten Ihm. Der gute Mann liegt lange und faulet. Der Messias sol noch kommen.

Zacharias. Behüte mich Gott vor dergleichen 20 Gedancken. Ich seufze täglich mit unserm Ertz=Vater Jakob. Herr ich warte auf dein Heyl.

Tobias. Und ich bete täglich mit David: Ach daß die Hülffe aus Zion über Israel kähme, und der Herr sein gefangen Volck erlösete. 25

Stephan. Und ich wüntsche täglich, daß der Hencker unserm Land=pfleger Cyrenius hohlen wolle.

Zacharias. Wir müßen in allen Trübsalen das beste hoffen.

Tobias. Es ist ein alt Sprichwort, Hofnung 30 läßt nicht zu schanden werden.

Stephan. Und ich weiß noch ein älter Sprichwort: Hoffen und Harren, macht manchen zum Narren.

Zacharias. Ich halte mich an die Verheißung, daß die Herrligkeit des andern Tempels größer seyn 35 sol als des ersten.

Tobias. Und die 70 Jahrwochen, welche der
Prophet Daniel beſtimmt hatt, müſſen nunmehro ohn-
fehlbar um ſeyn.

Stephan. Ich wolte, daß mir ein Prophet
5 weißagete, was ich dieſem Abend eßen werde, der
Magen knurret mir, ich werde ſehen, wo der Gaſthoff iſt.

Actus I. Scena 5.

Schreck und die Vorigen.

Schreck. Wer iſt da?

10 Zacharias. Wir ſuchen Herberge.

Tobias. Was wir verzehren, wollen wir be-
zahlen!

Stephan. Und was uns zu Bethlehem gutes
wiederfährt, das wollen wir zu Nazareth wieder ver-
15 ſchulden.

Schreck. So ſeid ihr von Nazareth.

Zacharias. Ja wir ſind Bürger und Einwohner
derſelben Stadt.

Tobias. Wir kommen nach Bethlehem, daß wir
20 uns wollen ſchätzen laßen.

Stephan. Und wenn ſie uns werden gennug
geſchätzet haben, ſo wollen wir wieder heimgehen.

Schreck. Es iſt gut daß ihr kommt, es iſt nur
noch vor 2 Perſohnen platz da, der 3te wird ſich ſchlecht
25 behelffen müßen.

Zacharias. Es hat nichts zu bedeuten, wir wollen
uns ſchon miteinander vertragen.

Tobias. Wir ſind bekandte Leüthe, wir haben
einander nichts vor übel.

30 Stephan. Ich dencke die Ofenbanck wird wol
heute mein Unterbette ſeyn.

Schreck. Geht nur immer gerade zu, Ihr könnt
nicht fehlen. (Sie gehen ab.)

Schreck. Ach des Elendes, wie gehts in unſerm
35 Hauſe, geſtern hatt die Wirthin den Knecht zum Hauſe

hinaus geprügelt; heute hatt sie der Magd die Kaldaunen im Leibe herumb gekehret, und vorhin war der Würg=Engel mit der Ofengabel auch über mich her. Jetzo gleich des ganges hat sie den Wirth die Keller Treppe hinunter gefögelt, ich muß nur sehen, wo Er geblieben ist; den Nabel hat Er sich zum wenigsten verstaucht, wo Er nicht gar den Halß gebrochen hatt. (Geht ab.) 5

Actus I. Scena 6.

Joseph und Maria.

Joseph. Nun haben wir gewonnen liebste Maria, 10
das ist Bethlehem.

Maria. Gott Lob! daß wir da sind, die heutige Tagereise ist mir aus der maßen sauer worden, ich sorge ich werde mein Wochenbette in Bethlehem auf=schlagen müßen. 15

Joseph. Ich habe heute auf den Wege wohl 100 mal an den Spruch gedacht: Und du Bethlehem Ephrata, die du klein bist unter den 1000den in Juda, aus dir sol mir kommen, der über mein Volck Israel ein Herr sey. 20

Maria. Ich bin des Herrn Magd, mir geschehe wie Gott will. Verlaßt Ihr mich nur nicht, mein liebster Joseph, vor das andere wird Gott sorgen.

Joseph. Ich kann nicht leignen, liebste Maria, daß ich willens gewesen bin euch zu verlaßen. Aber 25
der Engel des Herrn ist mir im Traume erschienen, und hatt mich ganz auf andere Gedancken gebracht.

Maria. Und mich hat der Engel mit diesen Worten getröstet: Fürchte dich nicht Maria, du hast Gnade bey Gott funden. 30

Joseph. Nun diese Gnade des Herrn wird auch über uns walten. Wir wollen uns nach einer Herberge umbsehen. (Er klopft an.)

Actus I. Scena 7.

Matthäus, die Vorigen.

Matthäus. Wer ist denn so späte da?

Joseph. Wir sind frembde Leüthe, und kommen
5　auf die Schatzung.

Maria. Der Abend hatt uns übereilet, wir bitten
umb Herberge.

Matthäus. Ihr müst weitergehen, das Hauß
ist schon voll.

10　　**Joseph.** Es wird ja noch Platz auf 2 Persohnen
seyn?

Maria. Wir verlangen nichts, als eine Cammer,
darinnen wir schlaffen können.

Matthäus. Es sind 2 Egyptische Prinzen hier
15　eingekehret, die haben alles eingenommen.

Joseph. Es wird doch Platz auf den Heuboden
seyn.

Matthäus. Der liegt voller Laqueuen.

Maria. So last uns in der Scheine schlaffen.

20　　**Matthäus.** Die stehet voller Maul Esel mit
Golde beladen.

Joseph. Hilff Gott sind die Leüthe zu Bethlehem
so unbarmhertzig!

Maria. Ach Gott ist das die Gnade, die mir
25　der Engel versprochen hatt!

Matthäus. Es ist mir leidt nur helffen kann
ich nicht.

Joseph. Ist denn kein Stall in Hause, daß wir
uns nur vor der Kälte verwahren können.

30　　**Maria.** Ist denn keine Hunde Hütte im Hoffe,
darinnen wir nur vor den Schnee können sicher sein.

Matthäus. Meine Frau hatt einen Ochßen auf
der Mastung, und mein Maul=Esel stehet darneben.
Ist euch die Compagnie anständig, so will ich euch
35　entlich keinen Platz im Stalle versagen.

Joseph. Wir wollen es als eine große Wohlthat annehmen.

Maria. Und Gott wird euch solche Barmherzigkeit nicht unvergolten laßen.

Actus I. Scena 8.   5

Die Vorigen und Schureck.

Schureck. Herr seid Ihr hier? potz Tausend wie scharf gings vor in Keller her, wie viel stuffen hatte denn die Treppe?

Matthäus. O warumb, die Frau warff nur meine Hosen die Treppe hinunter.   10

Schureck. Wie aber eure Hosen die Treppe hinunter portzelten, wo waret ihr denn derweil.

Matthäus. Ich stack drinne. Du siehst mein Hauß Creutz schon, schweig nur stille, ietzo muß ich 5 laßen gerade seyn, wenn nur die Schatzung vorüber ist, darnach wollen wir wohl sehen, wer Herr im Hause ist!   15

Schureck. Ach ich menge mich unter euch Leuthe nicht, ich wolte nur fragen, ob ihr sonst noch was zu befehlen hättet.   20

Matthäus. Es wird sonst nichts seyn, als daß du den beyden Leuthen die Stall=Thür weist, sie haben sich verspatiget, ich kann sie doch nicht auf der gaße liegen laßen. (geht ab.)   25

Schureck. (ad spectatores) Es ist wahr der Wirth hatte recht, die Frau schmiß nur seine Hosen die Treppe nunter, aber der arme Mann stack drinne. (Er lacht abscheulich.) —

Aber was zum Hencker giebt es denn da vor Leuthe, daß einer nicht zur Ruhe kommen kann? Es ist wahr, ein Gastwirth hat manchen gl. einzunehmen; aber das ist was schlimmes, daß mann alles Lumpen Gesinde beherbergen muß.   30

Joseph. Versündiget euch nicht an uns, wir sind ehrliche Leuthe von Nazareth.

Schureck. Das sind die Rechten. Ich habe mein Tage gehöret, daß von Nazareth nichts guts kömbt.

5 Maria. Und ich bin aus dem Königl. Geschlechte David entsprossen.

Schureck. (macht den Stall auf.) Nun daß ist wahr, das ist ein recht Zimmer vor eine Königl. Prin=ceßin. Es sind hübsche Tapecereyen drinne. Da geht 10 nein, und macht euch mit meinen Ochselchen immer bekandt. Ich wil ietweden eine Schütte Stroh hohlen. (geht ab.)

Maria. Daß Gott erbarm soll das meine Schlaff=Cammer seyn?

Joseph. Seyd gedulbig liebste Maria, wer kann 15 es ändern?

Maria. Sol die Mutter Gottes ihr Nachtquartier in Viehstalle aufschlagen?

Joseph. Gott ist algegenwärtig. Er kann uns aller Orthen beschützen!

20 Maria. Soll das Heilige das ich unter meinem Hertzen trage keine beßere Aufwartung haben als Ochsen und Esel?

Joseph. Das gantze Werck ist über unserm Ver=stand, wir wollen unsre Vernunfft gefangen nehmen.

25 Maria. Ach liebster Joseph, dieser Stal wird wol sollen meine Wochenstube seyn!

Joseph. Wir sind in der Hand des Herrn, Er thue wie es Ihm wohlgefält.

Schureck. (mit dem Stroh.) Da komm ich mit 30 eurem Ober= und Unter Bette, legt es die länge und die quehre.

Joseph. Ich werde mein Stroh nicht allererst aufbinden, es wird ohnedem kein Schlaff in meine Augen kommen.

35 Maria. Ich will mich auch nur darauf setzen, wer weiß was sich vor Bettelvolck darauf herumbgesielet hatt?

Schureck. Alter setze dich den Öchsen nicht zu
nahe, sonst giebt es dir eines in die Rampagne, daß
du des Aufstehens vergist.

Maria. Das ist die 1te Nacht, auf mein Lebtage,
daß ich solch Lager habe.

Schureck. Und Ihr, wenn ihr schlafft, so macht
das Maul zu, wenn sich der Esel des Nachts herumkehret,
so läst Er manchmal was fallen. Ich will dem Viehe
nur noch zu sauffen geben, darnach komm ich nicht
wieder. (geht ab.)

Maria. Das Herze ist mir so schwer, als wenn
mir ein Mühlstein auf dem Halse läge.

Joseph. Und mir klingt immer der Spruch des
Propheten Jesaiä vor Ohren: Siehe eine Jungfrau
ist schwanger und wird einen Sohn gebehren, den wird
sie heißen: Immanuel, das ist, Gott mit Unß.

Schureck. (mit dem Faße geht bei Josephen.) Seht
bin ich nicht ein Narre, ich hätte euch bald vor meinen
Öchßen angesehen, halt mir es zu gute ich bin schon
halb schlaftruncken. (Der Ochse säuft.)

Joseph. Es kann auch nicht mehr weit von
Mitternacht seyn.

Maria. Ich wolte daß es schon Morgen wäre.

Schureck. (setzt das Faß dem Esel hin.) Nun
schlafft wohl, nun komm ich nicht wieder. (geht hinein
und kombt flugs wieder heraus.) Sieh, eins hab ich noch
vergeßen. Der Esel hat eine sonderliche gewohnheit an
sich. Er legt alle Nächte eine $\frac{1}{2}$ Mandel Eyer, sie sind
gelb, daß ihr sie nicht irgend vor Vorstörffer Äpffel
anseht. (geht ab.)

Joseph. Allem Ansehn nach muß das ein ruchloser
Mensche seyn.

Maria. Freylich wer das Unglück hatt, der
darff vor den Spott nicht sorgen.

Joseph. Ich will mein Abend=Gebeth verrichten,
und darnach in Gottes Nahmen schlaffen.

   Maria. Und ich will mein gewöhnlich Abend=
Liedt ſingen. (Maria ſingt.)
    Nun der Tag erreicht ſein Ende
    Und die Nacht umgiebt das Haus.
5   Gott ich breite meine Hände,
    Gegen dir gen Himmel aus.   .
    Und befehle deiner Güthe
    Meinen Leib und mein Gemüthe.

    Laß die Engel bey mir Wachen
10   Die vor deinem Throne ſtehn,
    Und befiehl dem alten Drachen,
    Daß Er muß zurücke gehn,
    Daß ich, nach vollbrachter Reiſe,
    Deinen großen Nahmen preiſe.

15   Denck indeß an mein Geſchlechte,
    Und an König Davids Stamm.
    Denck an deine treue Knechte
    Jacob, Iſac, Abraham,
    Send' einmal den Troſt der Väter,
20   Den verſprochnen Schlangentreter.

    Ja du wirſt dein Wort erfüllen,
    Das du uns haſt zugeſagt.
    Schaffs mit mir nach deinem Willen,
    Du biſt Herr und ich bin Magd
25   Laß mich nur Genade finden,
    Und behüte mich vor Sünden.

        ——

Actus II. Scena 1.

Runcus, Hachus, Rilpus.

   Runcus. Ich kann nicht ſchlaffen.
30 **Rilpus.** Ich kann vor der Schatzung auch nicht
ruhen.

Hachus. Ich schlief vor ein bißgen, da traumte mir flugs, als wenn mich ein Exequierer beym Fliegel hätte.

Runcus. Ich weiß nicht, wie es auf die Letzt in gelobten Lande werden wird.

Rilpus. Je wie wirds werden, alle Tage schlimmer.

Hachus. Vor diesem hieß es ein Land, da Milch und Honig inne fließt; ietzo fließen den armen Leuthen die Thränen über die Backen herunter, wenn ihnen das Föll über die Ohren gestreifelt wird.

Runcus. Ich habe heute ein Hauffen Leuthe nach Bethlehem gehen sehen, als wenn es Jahrmarckt in der Stadt wäre.

Rilpus. Ach ja, die Exequierer werden Ihnen wohl Beine gemacht haben.

Hachus. Und wenn sie mit den Bürgern fertig seyn, so werden sie den Bauern die Stiffeln wohl auch einschmieren.

Runcus. Seit die Römer im Lande sind hab ich kaum soviel verdienen können, als ich von einer Mahlzeit zur andern ins Maul stecke.

Rilpus. Ich habe mir heuer auch noch keinen neuen Zippelpöltz können machen laßen.

Hachus. Je meine Frau hatt einen Rock, daß mann von forne nein und hinten wieder hinaus sehen kann.

Runcus. Ja Kayser Augustus muß gar kein Gewißen haben.

Rilpus. Ach der Kayser weiß viel davon, der schelmische Landpfleger steckt alles in seinen Sack.

Hachus. Ich hab es auch gehöret, daß der Kayser gar ein wackerer Mann seyn sol, aber die Edeleuthe fallen dem Schinder so ins Handwerck.

Runcus. Ach wenns über die Bauern hergeht so ist einer so gut als der andere!

Nilpus. Je warumb leiden wir es?

Hachus. Ja es kommen mir manchmal böse Gedan=
cken in Kopff als wenn ich unserm Juncker die Hütte
über den Halse solte anstecken.

5 Nuncus. Nein an Edelmann vergreiffen wir uns
nicht, sie haben gar ein gros Recht. Aber den Verwal=
ter hatten wir neulich einmahl in der Klopffe. Mein,
Gevatter, erzehlts Ihm doch wie wir mit ihm umgingen.

Hachus. Ey schade, daß ich nicht auch bin mit
10 darben gewesen. Je was macht Ihr denn mit Ihm?

Nilpus. Der alte Schelm hatte so einen ansehn=
lichen Bart. Da stalten wir Ihn in die Schencke an
die Wand und spünten Ihn den Bart mit kleinen
Keilchen in eine spalte, darnach zogen wir Ihm die
15 Hosen herunter, und fiedelten Ihn mit einer Spies=Ruthe
den Baß so lange, bis Er sich alle Haare aus dem
Barte gerauft hatte. Da hättet Ihr wunder sehen
sollen, was der Kerl vor krumme Springe machen konte.

Nuncus. Ja es war eine Haupt Comödie. Wenn
20 ich sie nur vor meinem Ende noch einmal solte spieh=
len sehen.

Hachus. Ja wir machten uns neulich in unserem
Dorffe auch so eine Freude. Unser Edelmann hatt
doch gar zu einen Naseweisen Schür=Meister. Wie
25 nun neulich die Kürmse in Dorffe war, so saufften
wir Ihn so voll, daß Ihm der Bauch thonte wie eine Bier=
Kufe. Wie er nun keinen Verstand mehr hatte, so
legten wir Ihn rücklings über eine Tisch=Ecke und bunden
ihm den Hahn mit einem Bindfaden zu; wie nun das
30 Röhrwasser in Ständer thrath, und keinen Ausgang
fandt, da hättet Ihr sehen sollen wie der Kerl zappelte.

Actus II. Scena 2.
Die Vorigen, Asmus, Grobian, Stolprian.

Asmus. Was reden doch unsere Nachtbahren so
35 vertraut mit einander?

Grobian. Sie sehen treflich lustig aus, sie haben gewis eine gute Zeitung kriegt.

Stolprian. Wir wollens bald erfahren. Guten Abend was giebts guts neues?

Nuncus. Neues genung, wenns nur was gutes 5 wäre.

Kilpus. Da reden wir von der Schatzung miteinander.

Hachus. Und wir dencken auf die letzte wirds an die Schäffer auch wol kommen. 10

Asmus. Was hilffts, die Obrigkeit kann freylig ohne Geld nicht seyn.

Grobian. Gott erhalte uns nur den lieben Frieden in Lande, wir wollen gerne geben, weil wir was haben. 15

Stolprian. Es wird ja beßer seyn, wir geben es zur Friedenszeit unser lieben Obrigkeit, alß daß in Kriege die Soldabten kommen und hohlens selber.

Nuncus. Ach ihr Leuthe ihr wißt nicht einmal wie einen Bauern zu muthe ist, der böse Obrigkeit hatt. 20

Kilpus. Euer Juncker ist wie ein Engel gegen unserm.

Hachus. Ihr solt nur ein Jahr in unserm Dorffe wohnen, ihr würdet wohl anders pfeiffen.

Nuncus. Mich ließ Er neulich in ein Loch 25 schmeißen, das war so tieff, daß ich die Leuthe in der neuen Welt darinne konnte reden hören.

Kilpus. Und mein erstes Kind kam nur um 4 Wochen so zeitlich, da must ich stracks 50 Silberlinge auf ein Bretgen zahlen. 30

Hachus. Und ich habe die Gnade gehabt, daß Er mich mit eigner Hand von Fuß auf bis auf den Kopff geprügelt hatt.

Asmus. Ihr lieben Nachtbaren, euer Haus= Creutze ist uns gar wohl bekand, ihr müßt es mit 35 Geduld tragen.

Grobian. Wer weiß ob Ihm der Todtengräber nicht balde den Halß mit Erde füllen wird.

Stolprian. In unſer Dorff hätte er nicht gedaucht, wir hätten Ihn lange zu tode gebetet.

5 Runcus. Nein das kann ich nicht ſagen, daß ich ſeinet Wegen gebedet hätte: geflucht hab ich wohl, daß es hätte mögen finſter werden.

Rilpus. Ja ich hab ihn auch manchmal eingeſegnet, wenn Er davon hätte ſterben ſollen, Er müſte lange 10 todt ſeyn.

Hachus. Bey Leibe bet nicht daß Er ſterben ſolte. Seinen Vater betten wir auch zu tode, darnach war der junge ſchlimmer als der alte, Er hat einen kleinen Jungen, daß iſt ſo eine Cröthe, fürwahr wir kriegen 15 noch einen ſchlimmern.

Actus II. Scene 3.

Gabriel und die Bauern.

Gabriel. (ſingt)
  Vom Himmel hoch da komm ich her
20 Ich bring euch gute neue Mär,
  Der guten Mär bring ich ſo viel,
  Davon ich ſingen und ſagen wil.

Runcus. Gevatter, was iſt denn das?

Rilpus. Ich weiß nicht, was ich daraus machen ſol.

25 Hachus. Nachtbar ſeht ihrs denn auch?

Asmus. Ich dächte ich ſehe, daß mir das Geſichte vergehen möchte.

Grorbian. Er ſagte: Vom Himmel hoch da komm ich her.

30 Stolprian. Seyd nur ſtille, Er wird wohl weiter ſingen.

Gabriel. (ſingt)
  Euch iſt ein Kindlein heut gebohren,
  Von einer Jungfrau auserkohren,
35 Ein Kindelein, ſo zarth und fein,
  das ſoll euer Freud und Wonne ſeyn.

Runcus. Nun, Menschenstimme ist doch über alle Stimme.

Rilpus. Ey wie wolte ein Mensch so singen können, es ist ein Engel.

Hachus. Es hat sich wohl geengelt, du hast im= 5
mer so närrliche Einfälle.

Asmus. Je wir wollen Ihm fragen.

Grobian. Ja wir könten eins aufs Maul kriegen!

Stolprian. Je warum nicht, eine Frage steht einem frey. 10

Gabriel. (singt)
    Es bringt euch alle Seeligkeit,
    Die Gott der Vater hat bereit,
    Daß ihr mit Ihm in Himmelreich u. s. w.

Asmus. Ich wolte daß ich mich könte aus dem 15
Staube machen.

Grobian. Und mir wird auch alle angst umbs Hertze.

Stolprian. Es ist am besten, wir laufen in Zeiten davon. 20

Runcus. Ich bleibe da, ist es ein böser Geist, so werden wir Ihm ohnedem nicht davon lauffen.

Rilpus. Und ist es ein guter Geist, warum wollen wir nicht dabey bleiben?

Hachus. Ich wags und frage: Alle guten Geister 25
loben Gott den Herrn.

Gabriel. (singt)
    Lob, Ehr, sey Gott in höchsten Thron,
    Der uns schenckt seinen eingen Sohn,
    Des freuet sich der Engelschaar 30
    Und singt ein fröhlich neues Jahr.
        (Er tritt näher.)

Asmus. Nachtbar kombt ich gehe.

Grobian. Ich gehe auch mit.

Stolprian. Ich bleibe auch nicht da. 35

Runcus. Ich mag nicht der letzte seyn.

Rilpus. Und ich auch nicht.

Hachus. Und ich dencke, es wird hier heißen:
Den letzten beißen die Hunde.

Gabriel. Wo wolt ihr hinaus ihr furchtsamen
Hirten?

5　　Hachus. Nachtbar er redet mit euch, hört ihr es?

Rilpus. Ich wolte nur nach meinem Schaffen sehen.

Runcus. Und ich nach meinen Ziegenböcken.

Stolprian. Es ist ohne dem gleich in der
Mitternachtstunde.

10　　Grobian. Der Wolff könte uns leicht ein paar
Schaffe nehmen.

Asmus. Wir wollen balde wiederkommen.

Gabriel. Ihr solt nicht von der stelle gehen,
ich habe eine fröhliche Bothschaft an euch.

15　　Runcus. Wir werden gewiß irgend sollen Con-
tribution geben?

Rilpus. Oder wir werden etwan Einquartierung
kriegen sollen?

Hachus. Ich weiß wohl was seyn wird.　Der
20 Engel wirdts gehöret haben wie wir vorhin auf die
Obrigkeit so schmählten.

Asmus. Ich habe nichts darzu gesagt.

Grobian. Wer das lose Maul gehabt hatt, der
mag auch die Straffe darvor leiden.

25　　Stolprian. Je nun wir wollen doch hören, was
Er weiter sagen wird.

Gabriel. Siehe ich verkündige Euch große Freude
die allem Volck wiederfahren sol rc. rc.

Asmus. Je was denn vor ein Heyland?

30　　Grobian. Je was denn vor ein Christus?

Stolprian. Je was denn vor ein Herr in der
Stadt David?

Runcus. Ich weis nicht, was Er damit haben wil?

Rilpus. Ich spreche, der Engel hat uns zum
35 Narren.

Hachus. Ihr seydt auch gar zu tumm, Kayser
Augustus wird einen jungen Sohn gekriegt haben,

es hat ja lange genung gewähret, es wird ja irgend
einmal gerathen seyn.

Gabriel. Ihr unverständigen Leuthe, habt ihr
nie gehöhret, daß Gott seinem Volcke einen Erlöser
versprochen hat? 5

Runcus. Ja, der Priester hat uns wohl manch=
mal davon gesagt.

Kilpus. Wir haben aber nicht gedacht, daß es
wahr seyn wird.

Hachus. Seht Herr, die Priester reden manchmal 10
ein Wort, und leben zehn Jahr darnach.

Asmus. Wenn Er auch gleich käme, die Römer
würden Ihn balde todtschlagen.

Grobian. Oder Herodes würde Ihn balde vom
Brodte helffen. 15

Stolprian. Und wir würden doch wohl gescho=
rene Leuthe bleiben.

Gabriel. Es ist große Unwißenheit unter euch
armen Leuthen. Ich rede von dem Messia, der das
betrengte Hauß Israel wieder in die Freyheit setzen sol. 20

Asmus. Werden wir denn darnach keine Steuern
mehr geben dirffen?

Grobian. Und werden wir auch nicht mehr
dürffen zur Fröhne gehen?

Stolprian. Und werden wir auch keine Soltabten 25
mehr kriegen?

Runcus. Und werden wir uns auch nicht mehr
dürffen schätzen laßen?

Kilpus. Und wird uns darnach unser Edelmann
nicht mehr dürffen lassen einstecken? 30

Hachus. Und werden wir hernach auch unsern
Juncker dürffen todtschlagen?

Gabriel. Ich habe keinen Befehl euch anietzo von
dem Ampte und Vorsehn des Messiä zu predigen. Ich
sage nur soviel, daß nunmehro die Weißagung des 35
IX v. 6 Propheten Esaiä erfüllet ist: Ein Kind ist euch geboh=
ren. ꝛc. ꝛc.

Nuncus. Herr verzeiht mir zwar, iſts auch wahr?

Rilpus. Wenn die Zeitungen manchmal gar zu gut ſeyn, ſo ſind ſie halb erlogen.

Hachus. Könt Ihr uns nicht ein Brieſſel drüber geben?

Asmus. Ach ja Herr gebts uns ja geſchrieben.

Grobian. Oder ſchwert bey eurer armen Seelen, daß es wahr iſt.

Stolprian. Oder thut ein Wunderzeichen, daß wir es glauben können.

Gabriel. Wohlan, Ihr ſolt ein Zeichen haben: Gehet hin gen Bethlehem, da werdet Ihr finden das Kindt in Windeln gewickelt und in der Wiegen liegen.

(Der Chor der Engel ziehet ſich heraus und ſingen)

Ehre ſey Gott in der Höhe, Friede auff Erden, und den Menſchen ꝛc. (Sie verſchwinden.)

Asmus. Ihr Nachtbahren, was iſt bey der Sache zu thun?

Grobian. Was wird zu thun ſeyn. Wir gehen gen Bethlehem.

Stolprian. Je freylich müßen wir ſehen, ob es auch war iſt.

Nuncus. Geht ihr in Gottes Nahmen. Ich gehe nicht mit.

Rilpus. Wir könten gehen, daß wir des Wieder= kommens vergeßen.

Hachus. Denckt ihr an mich, das Ding hat einen Hund: Es iſt nicht anders, der Engel hatt uns vor zugehöret, und wenn wir werden gen Bethlehem kommen, ſo werden ſie uns die Zunge zum Nacken heraus ſchneiden.

Asmus. Je nun hört doch, das Ding hat ja auch wohl wartens, wir können uns ja bedenckzeit nehmen.

Grobian. Ich dächte auch ſo, wir wollen doch den andern Nachtbahren auch darvon ſagen.

Stolprian. Unſre Weiber wüſten ja ſonſt nicht, wo wir hingekommen wären.

Runcus. Und wir müßen ja auch noch erst nach unsern Schaffen sehen.

Rilpus. Die Engel schlichen sich so in der stille davon, wenn es umb und umb kömbt, so haben sie uns irgends die Schaffe und die Ziegen weggetrieben. 5

Hachus. Vor meine bin ich bürge, ich hab einen Schaff-Hund darbey liegen, der ist so groß als ein jähr=licher Ochße, er wäre gewiß einem Engel in die Beine gefahren. (Sie gehen ab.)

Actus III. Scena 1. 10

[Schureck und die 3 Hirten.]

Schureck. An die Nacht wil ich mein Tage gedencken. Mein Herr hat gestern Abend 2 Leuthe in stalle einquar=tiert, wie es gegen Morgen kömbt, so sind 3 daraus worden. Mit einem Worte, die Jungfrau hat einen 15 jungen Sohn gekriegt. Und ich weiß nicht, was das vor ein wunderlich Kindt seyn muß, der Ochße steht und sieht es an, und der Esel neigt sich darvor, als wenn Er es anbeten wolte.

(Die Bauern kommen.) 20

Runcus. Wir werden wohl gerade zugehen.

Rilpus. Ich höre ja iemanden reden, es müßen ja Leuthe da wohnen.

Hachus. Nachtbar, wir kommen wol nicht recht an, ich sehe ja kein Wochenbette. 25

Schureck. Hört doch ihr ungeschliffenen Flegel, könt ihr nicht erst anbochen?

Runcus. Wir sind Hirten vom nächsten Dorffe.

Rilpus. Wir wollen den Meßias gerne sehen.

Hachus. Er sol gleich diese Nacht zu Bethlehem 30 seyn jung worden.

Schureck. Ihr schelmischen Bauern, ihr habt ent=weder den gestrigen Rausch noch nicht ausgeschlaffen, oder ihr habt euch in Brandtewein ſchon wieder einen Dummel geſoffen.

Runcus. Ach ihr großer Sünder! Ich habe ſeit meiner Hochzeit noch keinen Tropffen Bier geſehen.

Rilpus. Und ſeit daß ich meinen jüngſten Sohn habe beſchneiden laßen, iſt mir kein Glaß vors Maul gekommen.

Hachus. Es iſt gleich ietzo 2 Jahr, da ich mit meiner Branntewein Pulle die Treppe herunter fiel, ſeitdem habe ich den Schirbel zu ganz was anders gebraucht.

Schureck. Woher wißt ihr denn, daß ein Kind ſol im Hauſe ſeyn?

Runcus. Die heiligen Engel habens uns verkün= diget.

Rilpus. Sie haben uns heißen nach Bethlehem gehen.

Hachus. Und wir gehen nicht von der ſtelle biß wir das Kind geſehen haben.

Schureck. Was ſagten ſie denn von dem Kinde?

Runcus. Sie ſagten: Es wäre der verſprochene Meßias.

Rilpus. Sie ſagten: Es wäre der neue König der Jüden.

Hachus. Sie ſagten gar: Unſer Herr Gott wär des Kindes ſein Vater.

Schureck. Nun da ſeht ihr Leuthe, was ein Bauer vor ein dummer Kerl iſt. Denckt nur ſelber nach, wenn der Sohn Gottes vom Himmel kähme, ſo würde Er wohl nicht zu Bethlehem in Stalle einkehren. König Herodes würde Ihm ja zu Jeruſalem ein Zim= mer eingeben. Mein Rath wäre ihr legetet euch auf ein Ohr nieder, und ſchließt den Rauſch aus.

Runcus. Je nun wenn kein Kind da iſt, ſo werden wir wohl wieder heimgehen.

Rilpus. Das möget ihr thun: Ich gehe nicht von der ſtelle, ich muß das Kind ſehen.

Hachus. Gevatter, der Kerl sieht mir so heim=
tückisch aus, wer weiß ob er das Kind nicht etwan gar
todtgeschlagen hat. Es giebt solche Schelme zu Bethlehem.
Wie sie neulich den Born auf den Marckte geräumet
hatten, so hatten sie auch darinne ein Kind gefunden. 5
Wenn er nicht mit guten wil, so wollen wir das rauche
heraus kehren.

Runcus. Höre du Schelm, wo hastu das Kind
hingethan?

Rilpus. Höre du Strauch Hahn, wilstu das 10
Kind schaffen?

Hachus. Hörestu es nicht, wo hastu das Kind hin
vergraben?

Actus III. Scena 2.
Crocodilla und die Vorigen. 15

Crocodilla. Nun was giebts denn da vor ein
disputat?

Schureck. Da kommen 3 volle Bauern ins Hauß
und wollen ein Kind von mir hohlen.

Crocodilla. Das Gott erbarm! wißen es die 20
Leuthe auch schon, was sich vor ein Unglücke in mei=
nen Hause zugetragen hatt. Wer hats denn euch
schon auf die Zähne gebunden?

Runcus. Die heiligen Engel.

Rilpus. Ja ich habs mit meinen Ohren gehört. 25

Hachus. Und ich habe sie mit meinen Augen
gesehen.

Crocodilla. Ihr Leuthe, ich weiß gar nicht wies
mit dem Kinde zugeht, es ist gar nicht ein Kind wie
ein ander Kind; meine Magdt hat es hören schreyen 30
und wackte mich auf. Ich heraus aus dem Bette und
nahm die Ofengabel und wolte die 6 Wöchnerin zu
sambt den Kinde zum Stalle hinaus prügeln. Wie
ich aber an die Thür kahm so gerieth ich in eine Furcht,
daß mir der Angstschweiß ausbrach und die Ofengabel 35

aus der Hand fiel. Und die Leuthe ſprechen gar, die Engel
hätten von dem Kinde geredet. Es geht nimmermehr
von rechten Dingen zu, ich muß doch weiter nachfragen.
Hört ihr Leuthe was wolt ihr mit dem Kinde machen?

5   Runcus. Nichts wir wollens nur anſehn.

    Rilpus. Wir begehren es nicht etwan mit zu nehmen.

    Hachus. Wir haben Ihrer zu Hauſe ohnedem
mehr als Uns lieb iſt, ich dencke gegen Faſtnachten werd
ich noch eines kriegen.

10   Crocodilla. Nun gebt euch zufrieden. Mein
Knecht ſol euch den Stal auffmachen. Die 6 Wöchnerin
haben wir ſchon in eine warme Stube gebracht: Ich
wil gehen und ſehen wie dem Kinde auch geholffen wird.
Es liegt in der Krippen, und der arme alte Mann der
15 darbey ſitzet weiß nicht wie ers angreiffen ſoll. (Geht ab.)

    Runcus. Artſch, wie fein müßt ihr nun Uns
das Kind weiſen.

    Rilpus. Das dacht ich wohl daß ein Kind muſte
da ſeyn.

20   Hachus. Ja, freilich ich habe mein Tage nicht
gehöret daß ein Engel gelogen hätte.

    Schureck. Ihr Galgen Vögel! Ich will euch da
in Mitternacht auffwarten. Entweder gebt mir ein
Tranckgeld, oder ihr ſolt das Kind nicht zu ſehen kriegen,
25 und wenn es Kayſer Auguſtus befohlen hätte.

    Runcus. Auff den Sonnabend wil ich euch einen
guten Ziegen Käſe mitbringen.

    Rilpus. Und von mir ſol ihr einen quarck Käſe
kriegen.

30   Hachus. Ich habe zwar nicht viel zu verſchencken,
aber eine Metze Leiniſche Rübgen ſoll mir nicht an
das Hertze gebunden ſeyn.

    Schureck. Seht ihr Leuthe was mein Ambt vor
Accidentien ab wirfft. Ach es iſt kein ambt ſo geringe,
35 daß mann nicht den Galgen darbey verdienen köne.
Nun wartet ich will euch den Stall gleich auffmachen.
    (Geht ab.)

Runcus. Seht, ist das nicht ein Schelm. Harre, ich wil dir gewiß Schaf Lorbeeren anstat des Kümmels in meinen Käse thun.

Rilpus. Und in meinen quarck-Käse sol er mitten drinne einen Pferde-Apffel finden.   5

Hachus. Und ich wil ihn meine Leinischen Rübgen mit einen Burgier-Pulver bestreuen, daß Er über 9 queer Bethe scheißen sol.

Actus III. Scena 3.

(Der Stall eröfnet sich, Joseph ist beym Kinde.)   10

Runcus. Je da ist der Stal.

Rilpus. Je wo ist denn nun das Kind?

Hachus. Je du blinder Hund siehstu es denn nicht, dort liegts ja in der Krippe.

(Joseph sieht sich umb.)   15

Joseph. Was bringt ihr ehrlichen Leuthe?

Runcus. Wir werden nicht viel bringen.

Rilpus. Wir wollen Uns nur in Stalle ein bißgen umbsehen.

Hachus. Herr, werdet nicht böse, es geschieht nicht   20 irgent aus Vorwiz.

Joseph. Was habt ihr denn hier verlohren daß ihr suchen wolt?

Runcus. Herr, verzeiht uns zwar, es ist Uns diese Nacht gar zu wunderlich gegangen.   25

Rilpus. Die lieben Engel vom Himmel haben uns ein Ständtgen gebracht.

Hachus. Sie sagten: Der Meßias wäre jung worden, und wenn wir Ihn sehen wolten, so solten wir nur nach Bethlehem gehen.   30

Joseph. Du wunderbahrer Gott! hastu die Ge-burth deines Sohnes schon kundt gethan, Und haben diese arme Leuthe das Glücke gehabt diese fröhliche Zeitung zum ersten anzuhören. Nun erfahre ich in

der That, daß Gott die Perſohn nicht anſiehet, ſondern
was thöricht iſt vor der Welt, das hat Gott erwehlet.
Ihr lieben Leuthe, hat euch Gott ſo würdig geſchäzet,
ſo wil ich euch nicht verachten, Sehet hier liegt euer
Heyland und euer Erlöſer.

(Die Bauern fallen auff die Knie.)

Runcus. Ach biß uns willkommen liebſter Heyland!

Nilpus. Wir haben lange auff dich gewartet.
Die Gedult hat unß immer wollen ausreißen.

Hachus. Gebe Gott, daß du groß wächſt und
lange lebſt und auch alt wirſt!

Joſeph. Ihr möcht wol näher her kommen, ihr
habt ſo viel recht zu dieſem Kinde als König Herodes.

(Sie rutſchen auf den Knien fort.)

Runcus. Je Gevatter, ſeht doch was das vor
ein niedlich Kind iſt.

Nilpus. Ich ſehe es wohl, mein Chriſtel ſieht
zu Hauſe bald auch ſo aus.

Hachus. Je daß du redeſt, dein Kind ſieht wie
ein Wechßelbalg dargegen auß.

Joſeph. Ärgert euch nicht an der ſchlechten
Wiege, iſt es doch voraus prophezeihet worden daß des
Menſchen Sohn nicht haben werde, da Er ſein Haupt
hinlegen könte.

(Matthäus kombt.)

Matthäus. Was macht denn Ihr Leuthe hier?

Joſeph. Es ſind Hirten aus der Nachtbarſchafft,
die wollen das Kind ſehen.

Matthäus. Je nun das ſehen habt Ihr umſonſt,
aber ſehet kurz ab, das Kind muß in eine warme Stube
gebracht werden.

Runcus. Könten denn wir das Kindt nicht auf
eine Stunde mitnehmen.

Nilpus. Wir wolten es nur unſern Weibern
daheime ſehen laßen.

Hachus. Je biſtu nicht ein Narr, wir könten
das Kind über den Halſe behalten, daß wir es darnach ernehren müſten.

Joseph. Nein, diese Bitte wird wohl vergebens seyn.

Runcus. Je wenn ichs doch nur einmahl hertzen solte.

Rilpus. Es ist auch wahr, wer weiß ob es wir 5 unser Tage wieder zu sehen kriegen.

Hachus. Je du bist haltig gar ein Narre, du wirst ja das Kind nicht hertzen wollen, du hast ja einen Stachel Bart als wie ein Keerbesen.

Matthäus. Je nun diese Freude können wir 10 den Leuthen wol laßen, machts nur kurz ab, daß wir euer loß werden.

(Sie hertzen das Kind und der Stal fält zu.)

Runcus. Ach das Hertze zappelt mir vor Freuden in Leibe. 15

Rilpus. Und nun ist es als wenn ich ganz neugebohren wäre.

Hachus. Glaubet mirs, ich bin an meiner Hoch= zeit nicht so froh gewesen.

Runcus. Nun wil ich gerne sterben, nun ich 20 den Meßias gesehen habe.

Rilpus. Der Ertz=Vater Jacob ist auch ein Schäffer gewesen, aber das hat Er nicht gesehen, was wir ge= sehen haben.

Hachus. Wir Schäffer haben ein Liedt, das 25 fängt sich an: David war nur ein Schäffer Knecht und doch wurden Ihn die Königes Hosen gerecht. Ich bilde mir heute noch mehr ein als König David.

Runcus. Wenn wir das Kind nur hätten dürffen mitnehmen. 30

Rilpus. Oder wenn wir ihm nur hätten was verehren sollen.

Hachus. Ach es verdroß mich, daß ich nicht ein Lämmigen bey mir hatte; ich hätte es ihm flugs in stalle aufopffern wollen. 35

Gabriel. (kömbt singend.)
Gelobet seystu Jesu Christ

Daß du Menſch gebohren biſt,
Von einer Jungfrau daß iſt wahr,
Des freuet ſich der Engel Schaar
Kyrieeleiß.

5 · **Gabriel.** Nun wie ſtehts ihr lieben Hirten, habt ihr das neu gebohrne Kindlein geſehen?

Runcus. Ja wir habens geſehen, es lag in der Krippe wie ihr es uns geſagt habt.

Nilpus. Es war ein preißlich Kind, unſere 10 Panckerte ſehen wie die jungen Nachtraben dargegen auß.

Hachus. Ja mann ſahs wohl daß das Kind einen vornehmen Vater haben muſte.

Gabriel. Freylich einen vornehmen Vater, nehm- lich Gott den Vater, der ein Vater iſt über alles das 15 da Kinder heiſt in Himmel und auf Erden.

Runcus. Aber mein ſagt uns doch, warumb iſt gleichwohl der Sohn Gottes vom Himmel kommen?

Nilpus. Das arme Kind lag in der Krippe und frohr daß es klapperte.

20 **Hachus.** Es iſt auch wahr, es hatte auch wohl können in Himmel bleiben.

Gabriel. Aus allen Umbſtänden erſehe ich, daß ihr die Schrift garnicht verſtehet, habt ihr denn nie geleſen, daß Eure Mutter Eva den verbothenen Apffel 25 gegeßen hatt?

Runcus. Ja zu Hauſe hab ich eine Bibel, da ſteht was davon drinne.

Nilpus. Ich hab es auch geleſen, es ſteht fluchs forne.

30 **Hachus.** Und ich will es glauben, ich weiß wohl wie die Weiber ſo genäſchig ſind.

Gabriel. Wiſt ihr aber auch, daß die götliche Gerechtigkeit deßwegen alle Menſchen verdammet hat?

Runcus. Das kann man wohl dencken, leidens 35 wir Bauern doch nicht daß uns iemand in Garten ſteigt.

Nilpus. Ich erdappete heuer nur einen Jungen

auf meinem Kirſch Baume, ich hing ihn ſtracks ärſch=
lings dran auff.

Hachus. Und mir war nur eine Sau durch
den Zaun gekrochen, ich ſchlug ihr ein Bein morſch
anzwey.   5

Gabriel. Aber wiſt ihr auch daß die göttliche
Barmherzigkeit wieder dieſen Ausſpruch proteſtiret hat?

Runcus. Es wäre auch ein bißgen harte, eines
eintzigen Apffels wegen.

Kilpus. Es iſt wahr ſoviel 100000 Menſchen.   10

Hachus. Wenn gleich ein Schock Aepffel damals
einen halben Thaler gegolten hätte!

Gabriel. Darauff hatt ſich die göttliche Liebe
ins Mittel geſchlagen, daß der Sohn Gottes Fleiſch und
Blut an ſich nehmen, und das gantze Menſchliche Ge=   15
ſchlechte erlöſen ſol.

Runcus. Je ſo laßt mir das eine große Liebe
ſeyn!

Kilpus. Ich habe ja mein Tage gehöret, daß
Gott der Herr nur einen Sohn hat.   20

Hachus. Denckt doch, den hatt Er unſertwegen
von Himmel herab geſchücket.

Gabriel. Entlich hat die götliche Weisheit den
unveränderlichen Ausſpruch gethan: Wer an dieſes
Kind glaubet wird ſeelig wer aber nicht glaubet wird   25
verdammet.

Runcus. Je wir wollen gerne glauben.

Kilpus. Je, wir wären ja rechte Narren, wenn
wir es nicht thäten.

Hachus. Ja Herr wir wollen glauben, daß es   30
eine Arth hatt.

Gabriel. Ihr guten Leuthe ſeyd heute einer gro=
ßen Gnade gewürdiget worden, ich verſichere euch viel
Könige haben wollen ſehen was ihr geſehen habet und
habens nicht geſehen.   35

Runcus. Hört doch ihr Nachtbaren wir ſolten
ja wohl dem Engel eine Ehre anthun.

Nilpus. Ich dächte es auch, er hatt uns ja die gantze Nacht aufgewartet.

Hachus. Aber wenn er mit in die Schencke ginge, aber er thuts wohl nicht.

5 (Der Engel verschwind.)

Nuncus. Je wo ist Er denn hinkommen?

Nilpus. Er ist über alle Berge.

Hachus. Drumb mit euren Narrenpoßen. Hättet ihr einen quarck davor ins Maul genommen. Kommt 10 doch wir wollen ihm flugs nachlauffen, wer weiß ob wir ihn noch einhohlen.

(gehen ab.)

Actus IV. Scena 1.

Rupertus, Antropophagus, Misandropus, Ripsrapsius.

15 Rupertus. Ich weiß nicht was in der Welt vorgehen muß. Die heiligen Engel sind die gantze Nacht geschäfftiget gewesen. Ich muß vigilant seyn, daß mir nichts abgehet. Die Juden haben immer auff einen Meßias gewartet, es ahnt mir immer, als 20 wenn Er sich einstellen wolte. Ich weiß nicht, Ich habe sonst alle Jahr umb diese Zeit schon etliche Schock Kinder in meinen Sacke gehabt. Heuer hab ich kaum ein halb Mandel gekriegt. Ich habe 3 Söhne die sind nicht viel beßer als ich, die hab ich nach Bethlehem ausgeschickt, 25 da giebt es sonderlich viel böse Kinder, ich warte mit Verlangen auff ihre Wiederkunft.

(Die kleinen Ruperte kommen.)

Rupertus. Nun wie stehts, bringt ihr gute Beute mit.

30 Antropophagus. Ja, einen quarck bringen wir mit Herr Vater.

Misandropus. Wir sind in ein Hauffen Häuser gewesen, die Kinder sind über all fromm.

Ripsrapsius. Sie beten wie nichts guts. Wir 35 können ihnen nichts anhaben.

Rupertus. Ihr Rabenäser, ich halte ihr wolt mir aus dem Geschirre schlagen. Schafft mir Kinder daß wir freßen können, oder ich will euch die Hälse brechen. Denckt doch selber nach ihr Banckerte. Der Winter ist schon halb weg, und wir haben irgent ein halb Mandel Kinder auff der Mastung stehen, was werden wir denn gegen Fastnachten zu freßen haben?

Antropophagus. Herr Vater der Engel Gabriel thut uns so großen Schaden.

Misandropus. Ja es sind uns heute ein hauffen Engel begegnet, wir haben ihnen immer müßen aus dem Wege gehen.

Ripsrapsius. Es waren Ihrer eine ganze Heerde in Felde bey einander, die jungen und sprungen.

Rupertus. Hab ich es doch gesagt daß was großes vorgehet. Höret marchiret aus in den Gasthoff zu Bethlehem Da giebt es manchmal lose Bettel Jungen.

Antropophagus. Vater Rupert wir sind schon dagewesen.

Rupertus. Wolte sich nichts fangen?

Misandropus. Es lag ein klein Kind in Stalle in der Krippen.

Rupertus. Je habt ihr es denn nicht können mit nehmen?

Ripsrapsius. Es hatt sich wohl, der Engel Gabriel war immer hinten und forne.

Rupertus. Ach ihr Hundtsfütter ihr habt gar keine Courage. Es darff mir nicht viel ich prügele euch herumb wie die Hunde.

Antropophagus. Vater ich kann nichts darvor, ich guckete nur zu Stallthüre hinein, da gab mir der Engel Gabriel einen Nasenstieber, daß mir hören und sehen verging.

Misandropus. Und ich war auff einer Leuter hinangestiegen, daß ich ihn von oben bey kommen wolte, da schmieß mich der Engel auch ärschlings herunter.

Ripsrapsius. Ich hatte das Kind schon bey einen Beine, da gab mir Gabriel einen Schwinderling daß ich zur Stallthüre hinaus flog.

Rupertus. Ja das ist wahr, der Engel Gabriel ist mein geschworener Feind, aber waren denn seine Kinder mehr in Hause?

Antropophagus. Es waren wohl noch 2 kleine Prinzen da.

Misandropus. Die Leuthe sagten sie wären aus Egypten. Die Frau Mutter war auch darbey und sonsten noch viel Leuthe.

Ripsrapsius. Ach sie hatten so schön weiß Fleisch, sie würden uns der maßen gutgeschmecket haben. Ich dachte immer, wenn ich nur den jüngsten davon anbeißen solte.

Rupertus. Ihr verzweiffelten Buben! ie warumb habt ihr sie denn nicht mitgebracht?

Antropophagus. Wir dachten weil es Prinzen wären, so dürfften wir uns nicht an sie machen.

Misandropus. Ich hätte sonst den ältesten bey der Karthause gekriegt.

Ripsrapsius. Und ich hätte mit den kleinen bald wollen fertig werden.

Rupertus. Ich habe es euch wohl 1000 mal gesagt, daß ihr keines Menschen schonen sollet, und wenn Kayser Augustus einen Prinz hätte, der nicht fromm wäre, so gehöret Er so guth in meinen Sack als ein Bauer Junge. Auff marchiret wieder aus in den Gasthoff zu Bethlehem, und bringet zum wenigsten einen Prinz mit, oder ihr solt vor Ostern nichts zu freßen kriegen.

Antropophagus. Ich wil ihn bey den Kopffe nehmen.

Misandropus. Ich wil ihn bey dem Leibe faßen.

Ripsrapsius. Und ich wil ihn die beine halten.

(Sie gehen ab.)

Rupertus. Ich habes wohl gemerckt daß die heiligen Engel geschäfftig seyn, meine Söhne kommen sonst nicht

so leichte leer wieder. Sonderlich der älteste ist so von
guter Arth, daß ich willens bin mir Ihn substituiren zu
laßen, wenn ich älter werde. Die Juden tragen sich
immer mit der Prophezeihung, daß in diesen letzten
Zeiten ein neuer König sol gebohren werden, ich werde 5
trefflich vigilant seyn, daß ich Ihn bey den Kopfe kriege.
Ich halte meine Pursche kommen schon wieder. Nun
wo habt ihr den Printz?

Antrophagus. Ach Herr Vater seid nicht böse.
Wir sind wieder blind kommen! 10

Misandropus. Der Kuckkuk mag sich an die
Printze machen.

Ripsrapsius. Vater glaubt mir es, wenn ihr
gleich selber wäret darbey gewesen, ihr hättet nichts
ausgerichtet. 15

Rupertus. Je wie bin ich doch auf meine alten
Tage mit meiner Kindder Zucht so unglücklich. Ihr
Rabenäser warum habt ihr denn Ihn nicht mitgebracht?

Antropophagus. Ja es hatt sich wohl. Die
beyden Printzen saßen und lassen in der Bibel. 20

Misandropus. Und die Frau Mutter hatte ein
groß Gebeth Buch in der hand.

Ripsrapsius. Ringsherumb stunden ein hauffen
Diener die beteten alle, daß Gott die beyden Printzen
behüten wolle, sie haben heute eine starcke Reise vor 25
sich, drumb waren sie alle vor Tage auffgestanden.

Rupertus. Ja wenn es so bestellet ist, so habt
ihr kein Theil an Ihnen gehat. Nun hört: Einmal
vor allemahl müßen wir Menschen Fleisch haben, denn
wir müßen den Winter ja was in Rauch schlachten. 30
Fahret das 3. mal aus, und bringet was ihr kriegt.
Könnet ihr keine Kinder kriegen so bringet einen großen
Flegel mit, daß wir ein baar Schincken aus ihm hacken
können.

Antropophagus. Nun Vater ihr sollet sehen, 35
daß ich euer gehorsamer Sohn bin.

Miſandropus. Es ſol keine 4tel Stunde in
die Welt gehen ſo wollen wir wieder daſeyn.

Ripsrapſius. Und wenn wir kein Menſchen
Fleiſch bringen ſo ſollet ihr unß am 1ten beſten Baum
5 hencken.
                    (Sie gehen ab.)

Rupertus. Was müßen denn das vor 2 wohlge-
zogene Printzen ſeyn? Die frommen Kinder ſind ſonſten
an Fürſtlichen Höffen gar ſeltziam. Sie müßen eine
10 fromme Mutter haben. Ja ja, die Mütter beten viel
fleiſſiger vor die Kinder, als die Väter. Ich weiß auch
die liebe Zeit, da mich mein Vater gegen Weynachten
ausſchückete, wenn ich den beſten Anſchlag hatte, ſo
betete mich vielmal eine anbächtige Frau wieder zum
15 Hauſe hinaus. Es ſind auch ihrer etliche Bücher.
Eins heiſt das Biebelbuch, das ander das Gebeth-Buch,
wenn die Kinder die Naſe dahinnein ſtecken darnach
haben wir weiter kein Theil an ihnen. Sonderlich thun
uns die Gebethbücher großen Schaden. Die Menſchen
20 wißen es auch, deswegen wenn die Kinder nur aus der
Schaale gekrochen ſind ſo plappern ſie ihnen flugs vor:
Das walt Gott der Vater. Ach wenn das nicht wäre,
ich hätte mir meinen Sack der an ſich ſelber zwar
ſchon ziemlich groß iſt, lange müßen laßen größer
25 machen. Nun meine Söhne ſind hurtig.
    (Sie kommen und reiten auf Schureck, der ſchreyet erbarmlich.)

Rupertus. Der Hammer! ſie bringen einen preiß-
lichen Kerll! Es wird gute Knackwürſte ſetzen wenn
wir ihn ſchlachten werden.

30 Antropophagus. Nun Vater Rupert da bringen
wir einen wichtigen Flegel.

Miſandropus. Wir haben ihn bey der Magd
in Kuhſtalle gefunden.

Ripsrapſius. Er hatt uns führwahr genung
35 zu ſchaffen gemacht.
    (er will ihnen entlauffen; ſie haſchen ihn wieder.)

Rupertus. Führwahr ich muß mich wundern,

wie die Jungen den Kerll so guth gefaßet haben. Es
ist doch am besten, wenn die Kinder des Vaters Hand=
werck lernen. Ich habe Ihnen neulich nur etliche
Handgriffe gewiesen, sie werdens bald beßer können,
als Ich. Nun last sehen, wie werdet ihr das Rind= 5
Vieh nun in Sack bringen.

Schureck. Ach Herr Rupert Genade, Genade, Ich
wil gerne guts thun.

Rupertus. Es ist nun nicht die Frage, ob du ins
künfftige guts thun wilst, ietzo kömbt es darauff an, 10
ob du dein Tage guts gethan hast.

Schureck. Ach Vater Rupert ich wil euch meinen
gantzen Lebenslauf erzehlen. Ich weiß ihr werdet mich
darnach wohl loß laßen.

Rupertus. Bistu nicht in deiner Jugend zur Schule 15
gehalten worden?

Schureck. Ach ja, der Vater hielt uns einen eigenen
Präceptor. Einmal aber war der gute Mensch auff den
Groß Vater Stuhle eingeschlafen, da nahm ich ein höltzgen
aus den Dinten Faße, und machte dem Herrn Präceptor 20
im Schlaffe einen lächerlichen Barth. Wie Er nun
auffwachete, so konten wir das Lachen unmöglich laßen.
Er lieff zur Mutter und wolte uns verklagen in der
Küche, die muste auch lachen. Darnach lieff Er zum
Vater in in die Stube, der konte sich des Lachens auch 25
nicht steuern. Damit kahm der Herr Präceptor weg,
und da war unser Studieren aus.

Rupertus. Ich muß gestehen, du hast deine Kind=
heit sehr wohl zugebracht. Es ist am allerbesten wenn
mann sich nur an den Präceptor erst versündiget. 30
Was hastu denn darnach vorgenommen?

Schureck. Nach diesem starb der Vater und da
verzehrte ich vor allen Dingen mein Erbtheil; darnach
versuchte ich ob ich könte lernen hunger leiden, und
wie ich die Kunst nicht begreiffen konte, so ließ ich 35
mich bey einen Gastwirthe zu Nazareth vor einen Haus
Knecht brauchen.

Rupertus. Wie bistu denn nach Bethlehem kommen.

Schureck. Je last euchs nur erzehlen: Mein
Herr schückte mich nach Jerusalem, daß ich des Land-
pflegers seinem Secretario ein Faß Galiläisch Bier,
und eine gemästete Saue zur Verehrung bringen solte.
Denn die Römer eßen gerne Schincken und Knackwürste.
Der Kutscher aber hatte die Saue in förder Wagen
und das Faß Bier in hinter Wagen geleget, und ich
saß darzwischen. Unterdeßen kahm mir dann und
wann eine garstige Luft vor die Nase. Entlich aber
ward ich es inne, daß es dem Schweine so übel aus
dem Halse roche. Damit zog ich den Zapffen aus dem
Bierfaße und stopffete auf der andern seite das garstige
Lufft Loch darmit zu. Da lieff nun vors 1 te das
Bier auff die Straße, und vors andere starb die Saue.
Weil ich nun wohl gedencken konte wie mich der Herr
zu Hause empfangen würde, so lieff ich darvon und
habe mich bis daher in Bethlehem aufgehalten.

Rupertus. Nun ich bin ein alter Mann, und
habe manchen Schelm unter meinen Händen gehabt,
aber Deines gleichen seit Tage nicht. Ihr Kinder
greiffet zu daß wir weiter kommen.

Schureck. Herr Rupert, nur noch ein Wortt.
Wollt ihr mich loß laßen, wenn ich einen an meine
Stelle schaffe der noch schlimmer ist?

Rupertus. Ja, wenn du den schaffen kannst so
solstu pardonniret seyn.

Schureck. Seht dort stehet Stickdoffel das ist
der gröste Flegel im gantzen Gelobten Lande.

Rupertus. Ihr Söhne gehet hin, hohlet Ihn,
wir wollen die Schelme gegen einander halten, und
den wichtichsten wollen wir mitnehmen.

(Sie gehen und wollen ihn hohlen.)

FINIS.